KB114015

네르가시아 장편소설

FUSION FANTASTIC STORY

더 무빙 연대기

도시 무왕 연대기 14

네르가시아 장편소설

초판 1쇄 찍은 날 § 2016년 10월 13일
초판 1쇄 펴낸 날 § 2016년 10월 20일

지은이 § 네르가시아
펴낸이 § 서경석

편집책임 § 최지원

펴낸곳 § 도서출판 청어람
등록번호 § 제387-1999-000006호
등록일자 § 1999. 5. 31
어람번호 § 제1-2544호

주소 § 경기도 부천시 원미구 부일로 483번길 40 서경B/D 3F (우) 14640
전화 § 032-656-4452 팩스 § 032-656-4453
http://www.chungeoram.com
E-mail §chungeorambook@daum.net

ⓒ 네르가시아, 2015

ISBN 979-11-04-91000-5 04810
ISBN 979-11-04-90445-5 (세트)

네르가시아 장편소설

FUSION FANTASTIC STORY

도시 무왕 연대기

도서출판 청람

목차

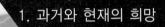

1. 과거와 현재의 희망

제네바의 유엔군 기지에 무거운 공기가 맴돌고 있다.

팅, 팅.

라이터의 뚜껑을 열었다 닫는 것을 반복하고 있던 유엔군 사령관 미카엘 컴퍼비치가 무거운 정적을 깼다.

"그러니까… 우리가 그 명화라는 청년을 찾지 못하면 다 죽는다는 소리인가요?"

"지금까지 우리는 혈청을 개량하기 위해서 수많은 연구를 거듭해 왔습니다. 하지만 그보다 더 획기적인 방안을 찾아냈지요. 면역 체계를 완벽히 갖추고 있으면서도 사람의 혈청을 파괴하지 않는 케이스를 찾아낸 겁니다."

"그렇다면 그의 피를 확보할 수만 있다면 치료 약을 개발할 수도 있다는 소리입니까?"

"예, 그렇습니다. 하지만 시간이 없습니다. 악의 시종이라 불리는 이들은 이제 더 이상 걷잡을 수 없을 만큼 퍼져 있습니다. 언론이 이 사실을 끝까지 은폐하고 있습니다만 이제 곧 유럽을 넘어 아시아까지 퍼져 나가겠지요."

"잘못하면 최후의 보루를 잃을 수도 있다는 뜻이군요?"

"예, 그렇습니다."

미카엘 컴퍼비치는 결단을 내렸다.

"각국의 스페셜리스트를 한국으로 파견합시다. 총 50명이 정예 요원이 투입될 겁니다. 한국군은 현재 국경 지대에서 밀려드는 감염자들을 상대하느라 정신이 없을 테니 차라리 우리가 나서는 편이 좋겠네요."

"파견은 언제쯤 이뤄질까요?"

"당장. 한 시간 안에 비행기를 띄워서 한국으로 갑니다."

미카엘 컴퍼비치는 곁에 있는 전투 조끼를 착용하였다.

"내가 파견단의 수장입니다. 현재 유엔군 산하에 있는 모든 군대는 이번 작전을 최우선으로 할 것입니다. 그러니 여러분도 절대 포기하지 마세요."

"예, 알겠습니다."

명화방과 정방사신회가 천하마술단과의 싸움에서 패배한 이후, 전 세계는 지금 악의 시종들이 장악해 나가는 상태였다.

만약 이대로 몇 주일만 더 지나면 인류는 멸망하고 말 것이다.

미카엘 컴퍼비치는 유엔 연합군의 수장으로 내정된 영국계 군인이다.

그는 지구를 지키기 위해서라면 기꺼이 목숨을 바칠 수 있는 진짜 군인이었다.

"갑시다. 시간이 없어요."

"예, 사령관님!"

그를 필두로 조직된 구조대가 한국으로 향했다.

* * *

이른 새벽, 대전 자양동의 한 다세대주택에 한차례 진동이 일어났다.

드르르르르륵!

건물 내부는 진동으로 인해 유리창이 흔들렸고, 잠에 빠져 있던 사람들 역시 깨어나 창문을 열었다.

드르르륵!

"뭐야?! 오빠, 무슨 일이야?!"

"엄마! 밖에 지진 났어!"

쿵쿵쿵, 쾅쾅쾅!

가가호호 문을 열고 소리치는 바람에 전쟁이라도 일어난 것 같은 느낌이다.

하지만 그중에 한 청년은 여전히 자리에 누워 있었다.

"뭐야? 야밤에 이게 무슨……."

올해로 28세가 된 명화는 회사 생활 3년 차에 접어드는 샐러리맨이다.

그는 건물 전체가 난동을 부림에 인상을 확 찌푸렸다.

"젠장, 지진이라도 일어났나?"

하루 종일 회사 생활에 찌들어 여자 친구와의 뜨거운 밤도 고사하는 것이 바로 지금 이 시기의 청년들이다.

그런 그에게 잠을 깨우는 소란은 전혀 달갑지 않은 일이었다.

쿵쾅, 쿵쾅!

"제기랄!"

명화는 이불을 머리끝까지 덮어 소음에서 벗어나고자 했고, 그로 인해 이불 내에 이산화탄소 농도가 증가했다.

이산화탄소가 증가하면 가슴이 답답해지긴 하지만 이불 내부의 온도가 올라가기 때문에 잠이 조금 더 빨리 오는 느낌을 받을 수 있다.

물론 사람에 따라 다르겠지만 명화는 자신의 몸을 무언가가 누르는 느낌을 받으면 잠을 더 잘 자는 경향이 있었다.

"으음……."

명화는 바깥의 난리에서 점점 더 멀어져 자신만의 세계에 빠져들었다.

'잠이 온다. 잠이 온다. 잠이…….'

이윽고 그는 깊은 잠에 빠져들었다.

다음 날 아침, 명화는 조금 찌뿌듯한 몸으로 자리에서 일어섰다.

우드드득!

"으윽, 젠장! 굼벵이 잠을 잤더니 뼈마디가 다 쑤시군."

어제 건물 전체에서 일어난 난리 때문에 잠을 제대로 못 자서 몸이 딱딱하게 굳어버린 것이다.

그는 의식적으로 자신의 손목에 매달린 시계를 바라보았다.

6시 40분

"흠, 이 정도 시간이라면 운동을 조금 해도 괜찮겠군."

명화는 아침에 30분, 저녁에 1시간 30분씩 운동을 하는 사람이다.

아침의 유산소운동은 밤새 굳어 있던 몸을 풀어 묵은 독소를 배출해 내고 뇌세포에 산소를 공급해서 신체 리듬을 일깨워 준다.

때문에 아침마다 규칙적으로 운동을 하는 사람과 그렇지 않은 사람의 차이는 천지 차이라고 할 수 있다.

하지만 단 하나, 아침 운동의 단점이 있다면 체내의 수분이 빠져나가 충분한 영양 섭취를 해주지 않으면 근육량이 아주 소량 저하된다는 점이다.

그러나 명화처럼 저녁에 근력 운동을 1시간에서 1시간 30분가량 격하게 해주면 오히려 균형 잡힌 몸매를 유지할 수 있다.

지방을 태워주는 유산소운동을 아침마다 해주고 매 끼니마다 단백질 보충제를 마시고 운동 전후나 운동 중에 아미노산을 섭취해 준다면 가장 이상적인 근육을 얻을 수 있는 것이다.

그는 잠자리에서 일어나자마자 냉장고에 들어 있는 물을 꺼냈다.

끼익.

물은 신체를 구성하는 가장 기본적인 물질이기 때문에 공복에 500리터 이상의 물을 마시면 신진대사에 큰 도움이 된다.

습관처럼 시원한 물을 한 컵 들이켜려던 그는 이내 눈살을 찌푸렸다.

"젠장, 또 냉장고가 고장인가?"

며칠 전부터 말썽을 부리던 냉장고가 또 고장을 일으킨 모양이다.

명화는 냉장고의 냉동 칸과 냉장 칸에 들어 있는 식자재들이 과연 잘 있는지 확인해 보았다.

우선 냉동고를 열어본 명화는 여전히 남아 있는 냉기를 느낄 수 있었다.

"돌아가진 않아도 오늘 저녁까진 그런대로 쓸 수 있겠군."

이제 남은 것은 냉장 칸. 그는 얼마 전에 집에서 가지고 온 밑반찬과 식사 대용 과일들을 꺼내보았다.

"킁킁, 아직까지 쉬지는 않았군. 다행이야."

끝도 없는 자기 관리만이 살 길이라는 것을 너무나도 잘 아는 명화이기에 아침 식사를 과일로 대체하고 있었다.

그런 이유로 일주일에 한 번씩 장을 봐놓는데, 이번에는 리치와 자몽 등 귀한 과일들이 꽤 들어 있었다.

때문에 명화는 작금에 벌어진 냉장고 고장이 더욱더 뼈아프게 다가왔다.

"젠장, 냉동시키면 맛이 없는데."

그는 일단 급한 대로 냉동고에 남은 음식과 과일을 몽땅 때려 넣었다. 그러곤 자리에서 벌떡 일어나 밖으로 향했다.

"후우, 이제 좀 뛰어볼까?"

이제 출근 시간까진 대략 한 시간 30분 남았고, 30분간의 자유 시간이 허락될 것이다.

그는 인근 고등학교로 아침 운동을 하기 위해 출발했다.

*　　　　*　　　　*

7시 05분, 명화는 다세대주택 주차장 앞에서 몸을 풀었다.

뚜둑, 뚜둑!

운동의 기본은 몸을 푸는 일. 굳어 있던 관절과 근육을 충분히 이완시켜 부상을 방지하는 것이 관건이다.

명화는 어려서부터 많은 운동으로 몸을 다져왔기 때문에 스트레칭이 얼마나 중요한 것인지 익히 잘 알고 있다.

그는 대략 10분간의 준비운동으로 몸의 밸런스를 잡아놓은 후 곧장 인근 고등학교를 향해 달리기 시작했다.

"후욱, 후욱!"

30분간 쉬지 않고 뛸 것이기 때문에 처음부터 스퍼트를 올리면 폐에 무리가 올 수도 있다.

때문에 명화는 적당히 평지와 오르막길을 오르내리며 들숨과 날숨을 조절하고 있었다.

"후우, 후우!"

천천히 달리던 명화, 하지만 그는 이내 고개를 갸웃거렸다.

"어라? 오늘이 공휴일인가?"

그는 자신의 손목에 매달려 있는 스마트워치를 통해 오늘 날짜를 확인해 보았다.

하지만 어쩐 일인지 스마트워치가 제대로 작동하지 않았다.

"으잉? 이게 왜 이래?"

무려 두 달 치 여유 자금을 다 털어서 산 스마트워치가 작동하지 않는다는 것은 절망적인 일이다.

그는 천천히 걸음을 멈춘 후 스마트워치를 살폈다.

"이상하군. 이게 왜 작동을 안 하지? 분명 인터넷도 곧잘 연결되었는데……."

잘 돌아가던 스마트워치가 갑자기 작동하지 않는다는 것, 이것은 4g 인터넷 연결망에 문제가 생겼다는 뜻이다.

그렇다는 것은 전산에 뭔가 차질이 있거나 주변에 있는 기지국에 문제가 생긴 것이 틀림없었다.

"에이, 이것 참……."

냉장고에 스마트워치까지, 명화는 오늘 일진이 무척이나 사납다고 생각했다.

7시 10분, 명화는 운동장에 도착해 홀로 운동에 열중하고 있다.

"후우, 후우, 후우!"

들숨과 날숨을 적당히 배합하여 운동을 이어나가던 명화는 아까부터 계속 멈춰 있는 학교 시계를 바라보며 고개를 갸웃거렸다.

'이상하군. 저 시계는 인터넷과 연결되어 있어서 맞지 않은 적이 한 번도 없는데……'

명화는 알람용 시계로 아날로그를 이용하지만 고등학교와 같은 공공 기관은 대부분 인터넷 표준 시간과 동기화되는 디지털을 이용한다.

그런데 지금 이 고등학교의 탑시계는 계속 밤 10시 정각을 가리키고 있었다.

어쩌면 시계가 고장을 일으킨 것일 수도 있겠으나, 그것이 아니라면 이 동네 인터넷 회선이 아예 통째로 어떻게 된 것이다.

그리고 또 하나, 동네가 조용해도 너무 조용하다는 것이 이상했다.

보통 이 시간이면 차가 한두 대 정도는 지나다니고 아침 운동을 나온 사람들로 고등학교 운동장이 가득 차야 정상이다.

또한 고등학교에서 기숙하는 학생들이 우르르 몰려나와 아침 체조를 하고 조회를 갖는다.

그러나 오늘은 그 부지런한 고3 학생들이 아직까지 밖으로 나오지 않고 있었다.

매일 보아오던 평범한 일상에 문제가 생겼다는 것은 어지간히 눈치가 느린 사람이 아니고선 쉽게 알아차릴 것이다.

명화는 이내 뛰던 걸음을 멈추고 천천히 동네를 둘러보았다.

딸깍, 딸깍.

얼마나 동네가 조용하면 고장 난 탑시계 초침 돌아가는 소리가 운동장 전체에 울려 퍼질 정도였다.

"이상하다. 뭔가 문제가 생긴 것이 틀림없어."

명화는 고등학교의 후문으로 나와 동네를 한 바퀴 둘러보기로 했다.

그의 동네에 있는 고등학교는 자양동 전체를 아우르기 때문에 정문에는 복개도로를 낀 아파트 단지가 있고, 그 후문에는 주택단지와 아파트 단지가 들어서 있다.

한마디로 지금 이곳이 자양동의 중심이라는 소리다.

텅, 텅, 텅!

후문에 마련돼 있는 철재 계단을 타고 내려가 인근 아파트 단지에 들어선 명화는 아직까지 빽빽하게 세워진 차들을 바라보았다.

"아직 출근을 하지 않았군."

7시가 지나면 건설직에 종사하는 사람들은 전부 출근에 나서고도 남을 시간이다.

그런데 그 많은 사람들 중 출근한 사람이 아무도 없었다.

"이상한데……."

고개를 갸웃거리는 명화.

바로 그때였다.

"끄헉, 끄헉!"

저 멀리 경비실에서 두 명의 중년 남자가 엎드린 자세로 슬금슬금 기어 나오고 있는 것이 아닌가?

"아저씨?"

어린 시절에는 이 아파트에서 살았기에 명화는 경비실과 꽤 안면이 있었다.

마침 잘되었다 싶은 명화는 그들에게 사정은 묻기로 했다.

"아저씨! 아저씨! 저 명화입니다! 아파트 단지에 무슨 일이……."

"끄헉, 끄헉?"

명화의 목소리를 듣고 고개를 돌린 경비원들, 그런데 그들의 표정에 뭔가 이상한 점이 보인다.

낯빛은 시푸르뎅뎅하게 질려 있고 눈가와 입가에는 검푸른 색 혈액이 잔뜩 묻어 있다.

"아, 아저씨? 어디 아프세요? 안색이 안 좋은데……."

"끄허어어억……."

척 보기에도 몸 상태가 상당히 안 좋아 보이는 그들에게 다가서려던 명화는 이내 뒷걸음질을 치고 말았다.

스륵, 스륵.

자리에서 일어선 그들이 바닥에 내장이 질질 끌리는 와중에도 눈 하나 깜짝하지 않고 있었던 것이다.

"허, 허억!"

"끄이에에엑?"

명화는 아무래도 뭔가 일이 크게 잘못되었다고 생각했다.

"저, 저기……."

"끄이아아아악!"

"이런 씨발!"

자신도 모르게 욕지거리를 씹어뱉은 명화는 곧장 왔던 길로 되돌아 달리기 시작했다.

하지만 그런 그의 앞으로 하나둘 같은 상태의 사람들이 등장했다.

"끄헉, 끄헉!"

"뭐, 뭐야, 이게?!"

마치 핏기가 전혀 없는 시체들처럼 터덜터덜 걸어온 그들은 오로지 명화 한 사람을 잡기 위해 달려들었다.

"끄허어억!"

"허억!"

명화는 그들을 피해 고등학교 후문 철재 계단으로 올라갔고, 그들은 미친 듯이 그를 향해 뛰기 시작했다.

"끄헉, 끄헉!"

"왜, 왜 이러는 겁니까?! 자꾸 이러시면 경찰에 신고합니다!"

그를 잡기 위해 달려드는 사람은 대략 50명, 달려드는 사람들의 표정을 보아하니 좋은 의도로 달려드는 것 같지 않았다.

그래서 경찰에 도움을 요청하기로 한 명화는 스마트워치 넘버 패드의 숫자를 빠르게 눌렀다.

삐비빅!

112에 신고 전화를 건 명화는 화들짝 놀라고 말았다.

─통화량이 많아 연결이 지연되고 있습니다. 나중에 다시 걸어주시면…….

"뭐, 뭐야?! 경찰이 무슨 통화 지연이야?! 지금 장난하나?!"

명화는 이제 더 이상 자신을 도와줄 사람이 없다는 것을 깨달았다.

"이, 일단 집으로 가자!"

그는 괴한들을 피해 집으로 들어가기로 했다.

타다다다닥!

하지만 고등학교 후문에서부터 구름처럼 몰려든 인파로 인해 목적을 이루지 못했다.

"끼에에에엑!"

"허, 허억! 뭐가 이렇게 많아?!"

그나마 아파트 단지에서 나온 괴한들은 적은 편이었다. 학교에서 몰려온 괴한의 숫자는 눈으로 어림잡기도 힘들 정도였다.

명화는 머리를 굴릴 새도 없이 일단 본능이 시키는 대로 움직이기로 했다.

팟!

탄력적으로 철재 계단의 난간을 잡고 용수철처럼 튀어 오른 그는 대략 3미터 높이의 계단에서 뛰어내렸다.

퍽!

"크윽!"

재빨리 낙법을 시전해 많이 다치지는 않았지만 무릎과 팔꿈치가 조금 심하게 까진 명화이다.

하지만 그에게 이런 사소한 것은 애초에 눈에 들어오지도 않았다.

"허억, 허억!"

그는 아파트 단지 내에 있는 놀이터를 지나 단지 내부를 가로지르기로 했다.

아파트 단지를 가로지르면 곧바로 동네 시장이 나오고, 그곳을 지나기만 하면 명화의 집이 보일 것이다.

일단 집까지만 가면 어떻게든 이 사태에 대해서 가늠할 수 있다고 생각한 것이다.

타다다다닥!

"후우, 후우! 이게 무슨 미친 짓거리야?!"

명화는 단지 내에 있는 주차장에 들어서서 빠르게 자신이 도망가야 할 길을 물색했다.

"크아아아악!"

"제기랄! 여기도 상황은 똑같군!"

이곳 역시 이상한 사람들이 잔뜩 몰려들어 도저히 빠져나갈 틈이 없어 보였다.

하지만 하늘이 무너져도 솟아날 구멍은 있게 마련이다. 명화는 곧장 자동차 보닛을 밟고 지붕으로 올라갔다.

쿵!

그러곤 자동차를 징검다리 삼아 계속해서 앞으로 달리기 시작했다.

쿵쾅, 쿵쾅!

"끄엑, 끄엑!"

"사람 살려!"

명화가 소란을 피우면 피울수록 괴한은 점점 더 많이 몰려들기 시작했는데 이미 사태는 악화된 이후였다.

워낙 많은 숫자가 몰려들다 보니 주변은 아수라장이 되어버려 괴한들끼리 서로 엉켜 넘어지는 경우도 생겨났다.

우당탕탕!

"끄헥, 끄헥!"

"흥! 멍청한 놈들이군!"

명화는 아무래도 이 사람들에겐 지성이나 지식이라는 것이 전혀 없고 오로지 명화 한 사람을 잡아 족치기 위해 사는 것처럼 보였다.

그렇다는 것은 명화의 존재만 없어지면 이 미친 난리도 조금은 잦아들 것이라는 소리다.

그는 자동차 지붕을 밟고 달려 간신히 아파트 단지를 빠져나왔다.

그러곤 아파트 단지 정문에 있는 바리게이트를 굳게 닫아버렸다.

드르륵, 콰앙!

"허억, 허억!"

"끄헉, 끄헉!"

다행히도 이 괴한들은 아파트 바리게이트를 넘지 못했고, 명화는 그들을 뒤로하고 현장을 빠져나올 수 있었다.

*   *   *

50명의 유엔군 구조대는 대한민국으로 가는 길목에서 도저히 믿을 수 없는 광경을 목격하였다.

일본 열도가 전부 불에 타 소진될 위기에 놓여 있었고, 러시아에서 파견된 함대는 밀려드는 감염자들을 상대하느라 포격을 쉬지 않고 있었다.

미카엘 컴퍼비치는 저공비행으로 일본 동부를 스쳐 지나가면서 사태의 심각성을 다시 한 번 절감하였다.

"정말로 이대로 시간이 조금만 더 지나면 사태는 걷잡을 수 없어지겠어."

"사령관님, 도착까지 앞으로 한 시간 30분 남았습니다. 준비하시지요."

"알겠네."

그는 작전 상황판을 펼쳐 전명화가 있는 대전의 가양동 일대의 지도를 펼쳤다.

아마도 그곳은 감염자들이 이제 막 창궐하여 극도의 혼란에 빠져 있을 것이다.

"그나마 대한민국은 중국과 일본이 감염 경로를 막아주어 진행이 더딘 편이다. 그러니 운이 좋으면 시간에 맞춰 그를 구할 수 있을지도 몰라."

"그렇다면 첫 번째 착륙 지점은 어디가 되어야 할까요?"

"전술 비행기를 배치시킬 수 있고 그의 주소지에서 가장 가까운 곳은 바로 이곳이다."

그가 지목한 곳은 자양동의 한 초등학교였다.

"초등학교 운동장에 인원을 내려놓고 전술 비행기는 체공하면서 우리를 지원한다. 그리고 구조대가 그를 찾으면 그 즉시 전술 비행기가 사다리를 내려 구조를 실시한다."

"잘못되면 우리 모두 다 죽습니다. 차라리 다른 포인트를 찾으시죠. 한복판에서 구조를 실시한다는 것은……."

"작전이 실패하면 어차피 모두 다 죽는다. 그럴 바엔 우리 중 몇몇이 희생하는 편이 낫다. 치료 약이 개발되면 회생의 가능성이 있기도 하고."

군인들은 그의 결연함에 동조하기로 한다.

"예, 알겠습니다. 최선을 다하겠습니다."

"물론이다. 우리가 죽는다고 해도 그는 반드시 구조해야 한다."

미카엘은 작전을 짜다 말고 불현듯 미소를 지었다.

"…뭐, 살아서 다시 만나면 더 좋고."

"노력은 해보겠습니다만, 죽으면 어쩔 수 없지요."

"그래, 만약 죽는다면 저승에서 다시 만나자고."

그들을 태운 비행기는 이제 대한민국 영공으로 들어왔다.

"이제 곧 대전에 닿을 겁니다. 준비하시지요."

"알겠네."

현재 유엔군이 운용하는 전술 비행기는 헬기처럼 체공 비행이 가능하기 때문에 굳이 낙하산을 펼칠 필요가 없었다.

그들은 비행기가 작전지역에 멈추어 서자 사다리를 타고 안전하게 운동장에 안착하였다.

—끄어어어어!

저 멀리서 감염자들의 울음소리가 들려온다.

미카엘은 비행기를 위로 올려 보내고 전술 대형으로 부대를 재정비시켰다.

"1조, 2조, 3조, 전술 대형으로!"

—라져!

이제 세 개로 갈라진 부대는 주인공의 자택을 향해 달려나갈 것이다.

*　　　　*　　　　*

7시 35분, 명화는 지옥 같은 25분을 보내고 드디어 집으로 돌아올 수 있었다.

삐비비빅, 띠리리릭!

현관의 비밀번호를 누르고 방 안으로 들어선 명화는 곧장 방바닥에 드러눕고 말았다.

"허억, 허억! 도대체 이게 무슨 난리야?!"

일단 그는 TV를 켜서 지금 이곳에 무슨 난리가 난 것인지 알아보기로 했다.

하지만 도시 전체에 전기가 나갔는지 TV는 켜지지 않는다.

"고등학교 탑시계는 자체 발전기로 돌린다는 소리를 들은 것도 같군. 그렇다면 정말 단전 상태가 된 것인가?"

이제 전기는 사용할 수 없을 것 같았고, 남은 것은 무선을 이용하는 것이다.

명화는 본가에서 분가할 때 가지고 나온 라디오를 켰다.

딸깍, 치지지지직!

고등학교 재학 시절에 여자 친구에게 선물로 받은 이 라디오는 광대역 주파수는 물론이고 개인 무전까지 들을 수 있었다.

명화는 AM과 FM 전파를 모두 뒤져보았다.

치지지지지직!

"전파도 다 죽었나?"

급한 마음에 라디오를 이리저리 두드리자 드디어 전파가 잡힌다.

치지지지직, 끼이이익!

—…비상사태입니다! 이것은 실제 상황입니다! 주민 여러분께선 신속히 자택으로 들어가셔서 집 안에 있는 모든 문을 다 걸어 잠그십시오! 그리고 2주가량 버틸 수 있는 식량과 식수를 준비하십시오! 다시 한 번 말씀드립니다! 이것은 비상사태입니다! 이것은 실제 상황입니다!

명화는 이것이 자신에게만 일어난 일이 아니라는 것을 어렵지 않게 알 수 있었다.

라디오에서 이렇게 반복적으로 방송이 계속되는 것은 전쟁이 일어났거나 국가비상사태에 준하는 자연재해가 발생했을 때이다.

아무래도 이것은 국가비상사태에 준하거나 그에 해당하는 상황인 것 같았다.

그는 일단 자리에서 일어나 스마트워치와 연결된 핸드폰을 찾았다.

"해, 핸드폰!"

명화는 혹시나 기지국 중 한 개라도 그 전파가 살아 있다면 누군가에게 연락이 왔을 것이라고 직감했다.

신호 세기: 0.5

"오, 오오! 핸드폰은 미약하게나마 살아 있군!"

신호가 이렇게 약하다는 것은 아주 먼 거리에 있는 중계기 중 하나가 살아 있어 신호가 연결된다는 소리였다.

그는 신호가 끊어지기 전에 재빨리 가족들에게 전화를 걸었다.

—뚜우, 뚜우.

"제발……."

명화는 인근에 사는 아버지와 어머니에게 전화를 걸었지만 역시 부재중이다.

[연결이 되지 않아…….]

"젠장!"

이윽고 그는 대전 둔산동에서 자취하고 있는 여동생에게 전화를 걸었다.

그러자 자동 응답 기능에 녹음되어 있는 동생의 목소리가 들려온다.

[은지는 지금 부모님과 함께 해외여행을 떠났어요! 어이, 굼 벵이 오빠! 여행 티켓 고마워!]

"아아, 여행 날짜가 오늘이었던가?!"

가족들이 모두 부재중이라는 것은 변고가 생겼을 확률이 높다. 하지만 최소한 이것이 대한민국에서만 일어난 것이라면 희망은 있었다.

명화는 얼마 전 가족이 모두 다 함께 떠날 수 있는 티켓을 구매하여 선물했다.

하지만 그는 직장 일로 바빠 도무지 여행을 떠날 수 없어 가족들만 여행을 보내기로 했다.

명화는 요즘 너무 바빠 가족들이 여행을 떠난 것도 까마득 히 잊고 있었던 것이다.

"휴우, 다행이군. 제발 그곳은 안전하기를……."

이번에 그는 자신과 4년째 열애 중인 여자 친구 소희에게 전화를 걸었다.

—뚜우, 뚜우.

여전히 신호만 가는 전화, 그녀 역시 부재중인 모양이다.

"…빌어먹을!"

하지만 바로 그때, 기적처럼 전화가 연결되었다.

—…치익! 여, 여보세요?!

"소, 소희?!"

—오빠?! 명화 오빠 맞아?!

"그래, 소희야! 나 명화야!"

—치익, 치지지지직.

그녀와 연결이 되긴 했지만 여전히 통화 음질 상태가 그리
좋지 않았다.

하지만 간신히 그녀의 목소리를 확인하는 것은 가능했다.

—오빠! 나 무서워. 지금 밖에 감염자들이 득실득실해!

"감염자? 무슨 감염자?"

—치익, 치이이이이익! 오늘 새벽에 TV에서 폭탄이 터졌다고
했어.

"폭탄? 그게 무슨 말도 안 되는 소리야? 갑자기 멀쩡한 도시
에 왜 폭탄이 떨어져?"

—치지지지직! 모, 몰라. 치지지직! 무서워.

도대체 그녀가 무슨 소리를 하는 것인지 이해를 할 수 없었다.

"아무튼 내가 그쪽으로 갈게! 그러니 꼼짝하지 말고 기다리고 있어!"

―치지지지직! 뭐라고?

"내가 그곳으로 간다고! 지금 어디야?"

―지, 집이야. 그런데 이곳에는… 치지지직!

팟!

"여, 여보세요?!"

그녀와의 통화 3분 만에 신호가 끊겼고, 더 이상 소희와는 통화를 할 수 없었다.

"이런 제기랄! 뭐가 어떻게 된 거야?!"

통화를 얼마 하지 못하고 끊어지긴 했어도 명화는 중요한 사실 두 가지를 알아낼 수 있었다.

하나는 자신이 살던 마을 인근에 폭탄이 떨어졌고, 그로 인해 무언가 심각한 전염병이 발발했다는 것이다.

그리고 또 한 가지는 적어도 자신 외에 또 한 사람이 살아 있다는 것이다.

"후우! 별수 없지!"

일단 그는 그녀가 살고 있는 가양동으로 향하기로 했다.

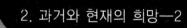
2. 과거와 현재의 희망—2

북대서양 동부 해협.

솨아아아아!

한차례 폭풍이 훑고 지나간 바다는 언제 그랬냐는 듯 잠잠
해져 있었다.

명화방의 깃발을 단 목선의 지하 선실에는 정좌를 하고 앉
은 천태와 태하가 마주하고 있었다.

"…그래, 자네가 우리 사문의 무공을 익힌 연유가 하랑 때
문이라는 것인가?"

"예, 그렇습니다."

"지금으로부터 수백 년이 지나 하랑에게 무공을 배웠다니……."

"믿기 힘드시겠지만 사실입니다. 만약 그렇지 않았다면 제가 천검진을 손에 넣을 수 있었겠습니까? 건곤대나이는 장문에서 장문으로 이어지던 명교의 전승비기입니다. 제가 아무리 날고 기는 재주가 있다고 해도 그것을 익힐 수 있을 리가 없습니다. 만약 선인의 지도가 없었다면 지금쯤 주화입마에 빠져 머리가 터져 죽었을 겁니다."

건곤대나이의 심결은 일반적인 무공과는 그 갈래가 달라서 길을 잘못 잡는 순간 뇌압이 상승해서 죽음에 이르게 된다.

천태는 그 사실을 누구보다 잘 알고 있었다.

"으음, 그렇지만 사람이라면 무릇 시간을 역행할 수가 없는 법. 자네의 말에 따르자면 내 아들 내외가 아직 살아 있다는 뜻이겠군?"

"예, 그렇습니다. 만약 저의 말을 믿기 힘드시겠다면 함께 북해빙궁으로 가시지요."

"하지만 지금쯤 북해빙궁은 소실되었거나 위치를 찾기 힘들 것일세."

"괜찮습니다. 저는 애초에 그곳에서 목숨을 구하고 무공을 배웠습니다. 눈을 감고도 찾아갈 수 있지요."

천태는 다소 복잡한 심경에 사로잡혔다.

"하랑은 나의 후계자였다. 모든 형제가 그의 무공을 칭송했으며, 기꺼이 교주로 옹립하겠다 말하고 다녔지. 그만큼 하랑의 존재는 우리 명교에겐 대단히 중요하다고 볼 수 있어."

그는 말을 내뱉고 있는 동안에도 강력한 진기를 내뿜고 있었다.

스스스스!

눈동자에선 붉은색 이기가 뿜어져 나오고 있었지만 몸을 뚫고 나온 진기에는 형이 없었다.

이미 자연경을 벗어나 무형경의 경지에 접어든 천태는 굳이 손을 뻗지 않아도 태하의 목을 비틀어 죽일 수 있었다.

태하는 그 진기의 폭풍에 압도되는 느낌을 받았다.

'형을 벗어났다는 것은 역시 엄청난 경지로군. 지금의 나로서도 죽기 전에 이와 같은 경지에 이를 수 있을지 알 수가 없다.'

그는 천태의 진기에 짓눌리지 않고 당당하게 말을 뱉었다.

"그만큼 중요한 사람이라는 것은 이미 알고 있습니다. 그러니 어르신께 그 중요한 사람을 찾아오시라 말씀을 드리고 있는 겁니다."

"그는 죽기를 각오하였고, 목숨을 거두었다고 들었네. 만약 자네가 나를 속인 것이라면 그 어떤 것으로도 죗값을 치를 수 없을 것이야."

"잘 알고 있습니다. 저도 사람의 목숨을 가지고 장난을 칠 놈팡이는 아닙니다."

천태는 일단 태하의 말을 믿어보기로 했다.

"가세. 북해빙궁을 찾아서 내 아들을 살려낼 수 있다면 자네의 말을 기꺼이 믿어주겠네."

"감사합니다."

이제 명화방의 배는 러시아 북부를 향해 거침없는 항해를 거듭하였다.

*　　　*　　　*

항해 나흘째, 태하와 천태 일행을 태운 배는 이제 지브롤터 해협을 지나 알보란 해의 중심으로 향하고 있다.

솨아아아아!

날씨는 화창했으며 순풍이 배를 적당히 밀어주어 항해는 순조롭게 진행되고 있었다.

태하와 히우네는 갑판 위에 서서 불어오는 바람을 맞고 있는 중이다.

"바람이 시원하군요. 이러한 느낌은 또 처음이에요."

"남미와 이곳은 기후가 달라요. 앞으로는 더욱더 새로운 모습을 많이 보게 될 겁니다."

남미에서 평생을 살아온 히우네에게 덥고 건조한 이곳의 기후는 또 다른 느낌을 주고 있었다.

어쩌면 그녀에게 지금 이 광경은 낯설게 느껴질 수도 있지만 히우네는 이국적인 풍경을 꽤나 즐기고 있는 것 같았다.

태하는 품속에서 자신이 만들어둔 지도를 펼쳤다.

"지금 이곳이 스페인 남부이니 아마 아라비아를 지나 동남아시아를 통해서 중국으로 들어갈 겁니다."

"으음, 저는 모두 처음 들어보는 지명이군요."

"저도 이 모든 지역을 다 돌아다녀 본 것은 아닙니다. 그렇지만 지리에 대해서 배웠기에 어렴풋이 인지하고 있을 뿐입니다."

그는 이번 여정이 결코 쉽지 않을 것을 잘 알고 있었다.

"북해빙궁까지는 대장정입니다. 가벼운 여정은 아니지요."

"괜찮아요. 당신과 함께라면 전 어디든 좋아요."

"고맙습니다."

두 사람이 앞으로의 일정에 대해 논의하고 있을 무렵, 선창에서 나온 인부들이 선실로 나왔다.

그들은 교대로 잠을 자며 갑판에서 생활하는 짐꾼들이었는데, 명화방에서 은화를 주고 고용한 사람들이다.

인부들은 아침부터 술병을 손에 쥐고 있었다.

"딸꾹!"

"크흐흐, 배에 여자라? 이것 참, 아침부터 나를 딱딱하게 만들어주는군!"

"어이, 저 샌님을 족치고 여자를 돌려 맛보는 것은 어때?"

"큭큭큭, 좋지!"

"자, 가자고!"

제아무리 눈치가 없는 바보라고 해도 저들의 조롱이 히우네를 향하는 것임을 알 수 있을 것이다.

태하가 그들에게 일수를 뻗으려 할 때, 히우네가 태하의 손을 잡았다.

"안 돼요. 참으세요."

"…그렇다고 저들을 가만히 둔다면 끝까지 성가시게 굴 겁니다."

"지금 저들을 몰아붙이게 되면 선원들의 시선이 곱지 못하게 될 거예요. 어찌 되었든 간에 우리는 명화방의 식구가 아니잖아요?"

그제야 태하는 곱지 않은 시선이 자신을 향하고 있음을 깨달았다.

명화방의 선원들과 상인들은 이미 태하를 적대시하고 있었으며, 천태 역시 이 상황을 그저 가만히 바라보고만 있었다.

아마도 이것은 명화방이 태하에게 부리는 텃세임이 분명하였다.

'그래, 처음부터 나를 받아주는 것이 쉽지는 않겠지.'

태하는 출수하려던 진기를 다시 갈무리하였다.

척!

"배에서 수고하시는 분들이 아니십니까? 저희들에게 무슨 볼일이 있어서 오셨는지요?"

"무슨 볼일이긴, 네놈은 상관할 바 아니니 그냥 찌그러져 있어."

"그게 무슨 말씀이신지요? 저와 그녀는 지금 하나로 묶여 있는데 어찌 제가 가만히 있을 수 있겠습니까?"

"아아, 네가 이년의 기둥서방이냐?"

"기둥서방은 아니고 정혼자입니다."

태하가 어떻게 생각하든 간에 두 사람은 부족의 법도에 따라 정략이 맺어진 사이였다.

그는 히우네를 자신의 뒤로 살며시 밀었다.

"정혼자를 겁탈하려는데 가만있을 사람이 과연 어디에 있겠습니까?"

"아아, 그러니 우리를 그 잘난 주먹으로 쳐 죽이겠다?"

"만약 필요하다면 그렇게 하겠지만, 우리는 모두 지성인이 아닙니까? 더군다나 이곳은 항해 중인 배 위입니다. 칼부림을 할 수는 없는 노릇이지요."

태하와 인부들이 대립하고 있는 가운데 한 남자가 툭 말을 뱉었다.

"원래 배에선 주먹 센 놈이 대장이지. 법보다 주먹이 센 곳이 바로 배 위라고나 할까?"

"……?"

망루 위에 올라 있던 한 서생이 부채를 든 채 바닥으로 내려왔다.

파밧!

흔들리는 배 위에서 펼칠 수 있는 보법치곤 아주 신묘한 맛이 있었다.

'으음, 사마세가의 후기지수인가? 말하는 폼이나 보법의 깊이가 꽤 깊다. 저 정도면 꽤 성취가 있겠는데?'

굳이 수를 섞지 않아도 상대방의 깊이를 파악할 수 있는 태하에게 지금은 사마세가의 무공이 얼마나 발전했는지 가늠할 수 있는 좋은 기회였다.

비록 화화공자처럼 생기긴 했어도 저 섭선에서 풍기는 내력은 결코 보통이 아니었다.

태하는 이 서생을 보낸 사람이 바로 천태라고 생각했다.

'그래, 나를 시험하고자 한다면 무공의 깊이만 따질 것이 아니지. 사마세가의 후기지수라면 반드시 머리도 비상할 것이다.'

그는 곧바로 검을 뽑지 않았다.

"공자께서 하신 말씀에 따르자면 제가 이 배 위에 있기 위해선 저 인부들을 전부 때려눕혀야 한다는 말씀이십니까?"

"그건 아니지요. 당신은 객식구이니 우리 뱃사람들을 때려눕히게 된다면 당연히 퇴출입니다."

"그렇다면 저들이 제 정혼자를 겁탈하도록 내버려 두어야 한단 말씀이십니까?"

"으음, 그건 당신의 마음이지만 우리는 그런 불한당을 받아들일 정도로 바보는 아닙니다."

지금 이 상황에서 검을 뽑지 않고 정혼자를 지키는 것만이 능사라는 것을 에둘러 말하고 있는 것 같았다.

태하는 잠시 고민에 빠졌다.

'사람의 됨됨이를 시험하려는 것이군.'

천태는 결코 가볍거나 방정맞은 사람을 자신의 휘하에 두는 인물이 아니다.

아마 자신의 아들을 찾아가기 전에 태하의 됨됨이를 먼저 시험하여 함께 항해할 가치가 있는지 확인해 보려는 것 같았다.

태하는 자신의 방식대로 이 상황을 풀어나가기로 했다.

"뭐, 그렇다면 일단 술이나 한잔하면서 천천히 얘기하시죠."

"술?"

그는 손을 뻗어 흡성대법을 시전하였다.

슈가가가가각!

아주 빠르게 뻗어 나간 흡성대법의 이기가 인부들이 가지고 있던 싸구려 럼주의 병을 빼앗았다.

턱!

"……!"

"자, 그럼 저부터 한 잔하겠습니다!"

태하가 잡지도 않고 그 내용물을 공중으로 띄워냈다.

촤락!

정확하게 한 모금의 술이 튀어 올랐고, 그것은 깔끔하게 태하의 목구멍을 타고 넘어갔다.

꿀꺽!

"크흐, 술맛 좋고!"

이윽고 태하는 사마세가의 공자에게 술병을 넘겼다.

"자, 한 잔 받으시죠!"

태하가 손을 뻗자 술병이 팽이처럼 빙글빙글 돌면서 공자의 손에 닿았다.

그는 별 힘을 들이지 않고 술병을 잡았지만, 그 안에 들어가 있는 술을 마시기는 결코 쉽지가 않았다.

사마세가의 공자는 당혹감을 감추지 못하였다.

휘이이이이잉!

마치 거대한 바다의 소용돌이처럼 몰아치는 술은 마치 심연에서부터 뿜어져 나온 것과 같은 느낌을 자아냈다.

술병을 받은 그는 가만히 그것을 들여다보다가 호탕하게 웃음을 터뜨렸다.

"하하하하! 단순히 내공을 겨루자는 것인 줄 알았더니 술병에 의미를 담아주었군요?"

"그렇게 보셨습니까?"

"술병은 덤덤하고 잔잔하지만 그 내용은 심연에서부터 뿌리를 박은 소용돌이입니다. 당신의 깊이는 이 싸구려 술병에 비할 바가 아니군요."

"그렇게 봐주셨다면 감사하지요."

태하는 겉모습으로 사람을 판단하지 않는 천태의 의중을 술병에 담아서 에둘러 표현하였고, 사마세가의 공자는 그것에 담긴 뜻을 충분히 헤아린 것이다.

술병을 잡은 공자는 소용돌이치는 술병을 그대로 자신의 입에 가져다 대었다.

꿀꺽꿀꺽!

강력하게 소용돌이치곤 있었지만 막상 그것을 입에 가져다 대었을 때엔 아주 부드럽게 목구멍으로 넘어갔다.

내력으로 만들어낸 소용돌이는 입에 닿는 순간 눈처럼 녹아 오히려 술의 풍미를 더해주었다.

"크하아! 좋구나! 이게 진정 싸구려 럼주란 말입니까?!"

"술도 마시기 나름이죠."

그는 진심으로 탄복하여 태하에게 포권을 취하였다.

척!

"당신의 됨됨이를 인정합니다! 저를 동생으로 받아주십시오!"

"좋네, 동생의 이름이 어떻게 되는가?"

"저는 사마위현입니다."

태하는 이 사람이 바로 사마세가의 무공인 사가선권을 만든 장본이며 명화방 최고의 지략가로 칭송되는 사람임을 알수 있었다.

'이런 곳에서 방의 위인을 만나다니 운이 좋다고 해야 하나?'

사마위현은 장차 방의 중심 세력을 좌지우지하는 책사로 자리매김하기 때문에 태하에겐 아주 잘된 일이라고 볼 수 있었다.

두 사람은 이미 술잔을 나누어 마셨지만 형제의 의를 맺는 술잔은 아직 나누지 못했다.

"형님, 아우의 잔을 받으시죠."

"고맙네. 자네도 한 잔 받아."

"예, 형님."

태하와 사마위현은 서로 술잔을 나누어 마셨다.

꿀꺽!

"자, 이제부터 이 사마위현은 김태하 대협을 형님으로 맞아 죽을 때까지 모실 겁니다. 앞으로 목숨을 걸 일이 생긴다면 기꺼이 형님을 따를 것이며, 이 세상의 모든 무인이 형님을 악인이라고 손가락질해도 이 아우만큼은 형님의 편이 되겠습니다."

"나 역시 자네를 목숨처럼 보살피면서 형으로서 할 수 있는 모든 것을 하겠네."

이리하여 형제의 의를 맺은 두 사람의 주변에 있던 짐꾼들은 슬슬 발걸음을 물리기 시작한다.

"큼큼, 나는 그럼 이만……."

"어이, 잠깐 서봐."

"예, 예?"

"내 형수님을 겁간한다고 떠들었으니 그 벌은 받아야 하지 않겠나?"

"…그렇지만 저희들은 무공의 무 자도 모릅니다."

"무공을 모른다고 벌을 받지 않으면 이 명화방이 제대로 돌아가겠나?"

사마위현이 주먹을 뻗으려 할 때, 태하가 그의 어깨를 짚었다.

"아우, 그만하게. 이 사람들도 악의가 있어서 그런 것은 아닐 테니 언행을 고치겠다는 다짐을 받고 그냥 돌려보내자고."

"그렇지만 형수님께서 분명 욕을 보셨습니다. 아우로서 가만있을 수는 없지요."

히우네가 미소를 지으며 말했다.

"저는 괜찮습니다. 사람이 다치는 것은 원치 않아요."

사마위현이 호탕하게 웃었다.

"하하! 형수님께서는 여걸이시군요! 좋습니다. 그럼 저놈들에게 일주일간 선창을 청소하도록 지시하겠습니다. 아무리 두 내외께서 용서하셨다고는 해도 법도는 지엄한 것입니다. 이대로 넘어갈 수는 없으니 작은 벌이라도 내려야 할 것입니다. 형님, 괜찮으시지요?"

"물론일세. 법도를 무시한다면 그게 어찌 사람이라 할 수 있겠나?"

"이해를 해주시니 이 아우, 감복할 따름입니다."

사마위현은 주변에 있는 선원들에게 말했다.

"이놈들을 당장 선창에 가두고 그곳을 일주일간 청소할 수 있도록 명하여라."

"예, 책사님!"

이제 사마위현은 태하에게 술을 한잔 권했다.

"어차피 열흘간은 배에서 딱히 할 일이 없으니 나흘간 밤새워 술을 마시는 것이 어떠십니까?"

"당연히 찬성일세."

두 사람은 선실로 들어갔고, 히우네는 그 뒤를 따랐다.

*　　　　*　　　　*

늦은 밤, 사마위현과 태하의 술자리가 낮부터 이어지고 있다.

꿀꺽꿀꺽!

"크흐! 좋구나!"

"형님과 술을 마시니 이 싸구려 럼주도 최고급 명주로 느껴집니다! 역시 술은 사람과 마셔야 제맛이지요!"

"나도 그렇게 느끼고 있는 참이네."

사마위현은 한 번 사람을 따르고자 마음먹으면 추호의 의구심도 품지 않으며 만약 그가 잘못된 길을 간다면 분명 목숨을 걸고 막을 수 있는 충심을 가지고 있었다.

태하는 천태에 대해 슬쩍 떠보듯 물어보았다.

"천태 공께선 명화방을 창방하시고 지금까지 쉬지 않고 일을 해왔다고 들었네. 대단하신 분이야."

"물론입니다. 만약 그와 같은 천자가 났다면 중원은 지금보다 더 살기 좋은 세상이 되었을지도 모릅니다. 주원장이 제아무리 공명정대한 황제라고 해도 민생이 전부 구제될 수는 없습니다. 더군다나 무인들을 이리도 못살게 굴고 세가들을 탄압하여 우리의 살길을 막막하게 하였으니 이 어찌 제대로 된 황제라 할 수 있겠습니까?"

"하지만 통치란 원래 양날의 검이 아닌가? 베지 않으면 자신이 베일 수도 있지 않겠어?"

"형님의 말씀이 옳습니다. 하지만 사람에겐 무릇 입장이라는 것이 있습니다. 그 입장까지 헤아리고 공감하는 사람이 진정한 애민을 실현할 수 있지 않겠는지요."

태하는 그의 생각에 백번 공감하였다.

"그래, 자네의 말이 맞아. 내 생각이 짧았어."

"아닙니다. 형님의 말씀은 지극히 현실적이고 이상적입니다."

태하는 그가 이런 생각을 가지고 있는데 천태를 존경해 마지않는다는 것은 분명 천태 역시 비슷한 생각을 가지고 있음이 틀림없다고 보았다.

"천태 공은 자네와 같은 생각을 가진 위인이신가?"

"물론입니다. 천태 공은 공명정대할 뿐만 아니라 명화방의 모든 식구가 함께 잘 먹고 잘살 수 있는 방안을 고민하고 또 고민하십니다. 덕분에 우리 명화방은 수뇌부터 말단 짐꾼까지 제법 먹고살기 넉넉해졌습니다. 어쩌나 넉넉하면 명화방의 말단 짐꾼이 어지간한 벼슬아치보다 낫다는 말이 있겠습니까?"

"으음, 그렇군. 나는 천태 공이 위인이라는 것만 알았지 이 정도의 성품을 가지고 있음은 몰랐어."

일전에 천태와 마주했을 때, 태하는 그가 그릇이 크고 도량이 넓은 사람이라는 것은 익히 알 수 있었다.

다만 그가 부하들을 대할 때엔 과연 어떠한 사람인지 궁금했을 뿐이다.

그는 천태가 태하를 아주 마음에 들어했다고 털어놓았다.

"방주께선 형님의 기개를 아주 높게 사셨습니다. 비록 신분은 확실하지 않지만 그 올곧은 성품은 높이 사야 한다고 말씀하셨지요. 그래서 부끄럽게도 저를 형님에게 보내신 것이고요."

"그분께 감사를 드려야겠어."

"앞으로 형님께서 방을 위해서, 더 나아가선 민생을 위해서 힘을 써주시면 되는 겁니다."

사마위현은 곳곳에 파란색 점이 박힌 지도를 꺼내었다.

"이 지도에는 총 500개의 파란색 점이 있습니다. 이 파란색 점은 고아들을 거두어 먹이는 명화원입니다. 명화원에선 주변의 고아들을 데려다 먹이고 집안이 어려워 굶는 아이들에게 곡식을 나누어 줍니다. 글을 배우고 싶다는 아이들은 데려다 글을 가르치고 장사를 배우고 싶다면 상인들을 따라 다니면서 장사를 배울 수 있도록 하고 있지요."

"명화원이라… 아주 좋은 곳이군."

태하는 현대의 복지 재단에서도 하지 못하는 일을 명화방이 해내고 있음에 감탄할 수밖에 없었다.

"명화원에서 글을 깨우치고 공부에 뜻을 둔 아이들은 명화방에서 후원하는 학교에 보냅니다. 비록 부유한 학생들과 비교할 수는 없지만 제법 넉넉한 지원을 받으면서 인재가 되어가지요. 그 아이들은 군에 입대하거나 관직에 나아가는 경우도 있고 명화방의 인재가 되는 경우도 있지요. 그리하여 우리는 그들을 이 세상의 또 다른 구성원으로 만들어주는 겁니다."

태하는 감탄하지 않을 수 없었다.

"천태 공의 이상은 내가 상상할 수 없을 정도로 광대하군. 그래, 그분께서 황제가 되었다면 이 세상은 분명 더 좋아졌을 것이야."

"하지만 현실적으로 그분이 황제가 된다는 것은 있을 수 없는 일입니다. 비록 명화방을 따르는 이들이 많기는 해도 지금의 열강들이 명화방을 적대시하고 있으니 나라를 세우기도 전에 멸망하고 말 겁니다."

씁쓸한 현실이긴 하지만 이 세상의 모든 대세를 거스르고 살아갈 수는 없는 법이다.

천태는 자신이 바라고 원하는 세상을 만들기 위해 대세를 바꾸는 것보다는 그 대세에 섞여 살면서 불쌍한 사람들을 돕는 데 전력을 다하기로 마음을 먹은 것이다.

"이 세상의 모든 아이를 구할 수는 없습니다. 하지만 우리의 손이 닿는 선에선 최선을 다하는 것이지요."

태하는 천태에 대한 흠모와 존경심이 더 깊어졌다.

"언젠가 그분과 마주 앉아 술잔을 기울일 수 있는 날이 왔으면 좋겠군."

"반드시 그렇게 될 겁니다."

"아무튼 한잔 더 하세. 우리에겐 아직 비워야 할 술병이 많아."

"하하하! 좋지요!"

두 사람은 다시 잔을 기울였다.

*　　　*　　　*

명화방의 배는 이제 티레니아해를 거쳐 지중해를 지나고 있다.

겉보기엔 별 이상이 없는 명화방의 배지만 그 안은 한바탕 난리가 나 있었다.

"쿨럭쿨럭!"

"전염병이 도지다니, 이놈의 쥐들이 병을 옮긴 것인가?"

사마위현은 선실에 가득한 환자들을 바라보며 깊은 한숨을 내쉬었다.

배는 망망대해를 부유하는 곳이지만 그 안은 상당히 좁고 꽉 막혀 있어서 전염병이 한 번 번지기 시작하면 걷잡을 수가 없어진다.

태하는 침술로 일단 병을 다잡아놓기는 했지만 한 번 번지기 시작한 병을 어찌할 수는 없었다.

"제대로 된 항생제 하나만 있어도 일이 이 지경까지 번지지는 않았을 터인데……."

"형님, 어찌해야 좋겠습니까? 아무리 머리를 쥐어짜 내도 방법이 떠오르지 않습니다. 심지어 항구에서 입항 거부까지 받았으니 우리는 이제 어찌해야 합니까?"

흑사병으로 인해 한바탕 난리가 났던 유럽에선 전염병이 도진 배를 항구로 들이지 않는 정책을 세웠다.

전염병의 무서움을 직접 경험한 유럽에선 병이 대륙에 상륙하는 것을 극도로 경계하고 있었던 것이다.

나폴리에서 한 번, 메시나에서 한 번 입항 거부를 당한 명화방의 배는 이제 정처를 잃고 말았다.

제아무리 머리가 좋은 사마위현이라도 딱히 방법이 없었다.

그나마 태하가 침술로 사람들의 생명을 유지해 주곤 있었으나 그것도 이제는 한계에 부딪쳤다.

"쿨럭쿨럭! 우웨에에에엑!"

"젠장, 패혈증으로 번진 사람이 꽤 많다! 이러다간 모두 다 죽고 말아!"

관리만 제대로 되었어도 사람들이 이렇게 죽어나가지는 않았을 것이니 태하는 답답함을 감출 수가 없었다.

두 사람이 머리를 감싸고 있을 무렵, 수척해진 히우네가 사람 손바닥만 한 물병을 들고 왔다.

"…정령의 정수입니다. 이것은 사람의 피를 정화시키는 능력이 있어요."

"히우네, 이것을 어떻게 만든 겁니까?"

"저의 정령력을 희생했어요. 생명에 지장은 없겠지만 한 보름쯤 병석에 누워 있어야겠지요."

태하는 먼저 그녀를 병석에 눕히려 했으나 그녀는 고개를 저었다.

"일단 방으로……."

"아니요, 일단 사람들에게 약을 공급하는 것이 급선무입니다. 물에 희석해서 천천히 공급하는 것이 중요해요."

"하지만 지금 히우네의 안색이 너무 나쁘잖습니까?"

"저는 이 정도로는 죽지 않아요. 정령의 가호를 받아 사는 사람은 병에 걸려 죽지는 않거든요,."

"그렇긴 하지만……."

"일단 사람들을 살려주세요."

태하는 고개를 끄덕였다.

"제가 반드시 사람들을 살려내겠습니다."

그는 선창의 일부를 채우고 있던 교역품 중에서 와인을 담은 상자 몇 개를 개봉하였다.

뽕!

태하는 와인의 코르크 마개를 개봉하고 그 안에 있는 내용물을 오크통에 담아 병을 비웠다. 그리고 그 안을 내공으로 살균시킨 소금으로 소독하고 술을 증류시켜서 만든 정제 알코올로 한 번 더 소독하였다.

이제 태하는 나무속을 파서 만든 관을 와인 병과 연결시키고 그 안에 약을 채워 천천히 공급하였다.

대략 물과 50:1로 섞은 약은 환자들의 입에 들어가자마자 빠르게 독성 물질을 밖으로 배출시켰다.

땀과 함께 배출된 독소는 악취를 풍기며 서서히 몸이 호전되고 있다는 신호를 보냈다.

태하를 비롯하여 병에 걸리지 않은 사람들은 물수건으로 땀을 닦아내고 몸을 깨끗하게 해주었다.

그렇게 정성들여 간호를 한 지 대략 사나흘쯤 지났을 무렵, 사람들이 하나씩 깨어나 움직이기 시작하였다.

"으음, 몸이 개운하군."

"사, 살았다!"

선실에서 나와 완쾌를 외치는 그들과 함께 몸을 회복한 히우네 역시 선실로 나왔다.

그녀는 이제는 멀쩡해진 사람들을 바라보며 미소를 지었다.

"다행이야."

"이 모든 것이 히우네 덕분입니다."

사람들은 그녀에게 큰절을 넙죽 올렸다.

"감사합니다. 비록 시집을 간 몸이긴 하지만 신녀였다고 들었습니다. 이제부터는 당신이 우리 배의 신녀입니다."

"신녀님, 절 받으십시오!"

"이, 이러지 마세요. 저는 해야 할 일을 한 것뿐입니다."

그녀가 절을 고사하고 있을 무렵, 선실에서 나온 천태가 그녀에게 다가와 넙죽 절을 올렸다.

쿵!

바닥에 머리까지 찧으며 절을 올린 그가 큰 소리로 외쳤다.

"고맙습니다! 당신은 생명의 은인입니다!"

"아니요. 사람이 사람을 살리는 일에 감사를 받는다면 정령들의 순수함에 반하는 일입니다. 그러니 이러지 마세요."

그제야 자리에서 일어선 천태는 태하에게 진심으로 감사하는 마음을 전했다.

"자네가 우리 배에 타지 않았다면 이 모든 사람이 가족들의 곁으로 돌아가지 못할 뻔했네. 수많은 아이들과 아녀자를 구해준 셈이니 뭐라 감사의 말을 전해야 할지 모르겠군."

"그럴 필요 없으십니다. 저는 그저 정해진 일을 하고 있을 뿐입니다. 해야 할 일을 한 것은 칭찬 받을 일이 아니지요."

"그래, 그런 겸양까지 갖추고 있다니 내가 자네를 믿지 않을 수가 없군."

"감사합니다."

"자, 그럼 모두 함께 술 한잔하면서 회포를 풀자고. 교역품을 꺼내어 잔치를 벌여라!"

"예, 방주님!"

명화방은 교역품을 꺼내어 한 상 부러지게 차려냈다.

천태는 잔을 높이 들었다.

"자, 한잔 거하게 마시자! 건배!"

"건배!"

이로써 태하와 히우네는 명화방에게 인정을 받게 되었다.

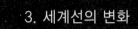

3. 세계선의 변화

　여자 친구 소희와의 통화를 마친 명화는 곧장 자신의 집에
있던 짐을 챙기기 시작한다.

　등산용 가방과 클라이밍용 밧줄 세트, 그리고 낚시용 포켓
과 낚시용 조끼가 그것이다.

　명화는 등산용 가방에 등산 용품과 의약품, 비상식량, 라이
터, 촛불, 지포라이터용 기름을 챙겼다.

　그가 가진 비상식량은 라면 다섯 개와 과일 3kg, 그리고 등
산용 에너지바 네 개였다. 거기에 헬스용 보충제 두 달 분량
이 있어서 당분간 먹을 것 걱정은 하지 않을 것 같았다.

하지만 문제는 지금 거리에 득실거리는 저 감염자들 사이를 어떻게 뚫고 지나가느냐 하는 것이다.

드르르릭!

창문을 열어본 명화는 거리를 가득 채운 감염자들을 바라보았다.

"끄어어어억……."

"…젠장."

처음에는 명화보다 훨씬 더 느린 속도로 움직이더니 이제는 그 속도가 점점 증가해서 일반인에 비해 대략 1.5배 빠른 움직임을 보이고 있었다.

이 동네에 비감염자들이 몇 있었는데, 그들은 경고 방송을 무시한 채 거리로 나왔다가 감염자들의 밥이 되었다.

감염자들은 산 사람을 그 자리에서 무참히 뜯어 먹는 잔인함을 보였고, 그들에게 뜯어 먹힌 사람들 여지없이 다시 감염자가 되어 그들의 대열에 합류했다.

처음에 저들이 어떻게 감염되었는지 알 수 없었으나, 확실한 것은 저들에게 붙잡히면 먹이로 전락했다가 다시 감염자가 된다는 사실이다.

"큰일이군. 소희는 이 사태를 버틸 수 있는 여자가 아닌데……."

소희는 대학 병원에서 간호사로 일하는데, 워낙 성격이 소심해서 이런 엄청난 일을 쉽게 감당할 수 있을 리가 없었다.

평소엔 활달하고 애교도 많은 그녀이지만 운동을 싫어해서 전력 질주 5분이면 그 자리에 쓰러져 버릴 것이다.

"내가 없으면 그녀는 죽는다!"

명화는 사랑하는 그녀를 살리기 위해 자신이 무조건 그곳으로 가야 한다고 마음먹었다.

하지만 그렇게 하자면 계획이라는 것이 필요했다.

무작정 집을 나서려던 명화는 잠시 숨을 돌리고 이 동네가 어떻게 생겼는지 떠올려 보았다.

"흐음……."

명화가 사는 곳은 자양동이라는 동네의 언덕 중 하나로, 가양동으로 넘어가자면 도보로 10분이 걸린다.

그곳에는 슈퍼마켓과 카센터, 미용실 등이 위치해 있고, 초등학교가 한 개, 중학교가 두 개, 고등학교가 두 개 있다.

그리고 서쪽으로 약간 치우친 곳에는 대학교 단지가 들어서 있다.

한마디로 그는 사람들이 아주 많은 밀집 지역 한복판에 살고 있다는 소리였다.

그러나 그런 와중에도 희망적인 곳이 있었다.

"경찰서, 경찰서다."

가양동과 자양동 사이에는 파출소가 두 개, 치안 센터가 하나 있다.

그렇다는 것은 이곳에서 총기류와 방어구 등을 구비할 수 있다는 소리이다.

"좋아, 1차 목표는 파출소다."

명화는 자신이 자주 사용하던 노트에 지도를 그리고 최소한의 거리로 이동할 수 있는 루트를 잡았다.

그의 집에서 가장 가까운 곳은 자양동 치안 센터, 명화는 그곳을 향해 움직이기로 했다.

*   *   *

자양동 치안 센터는 명화의 집에서 가장 가까운 공공 기관임과 동시에 사람이 가장 많이 몰리는 곳이기도 했다.

이 근방에는 수많은 술집이 위치해 있고, 그로 인해 하루에도 수천 명의 인파가 몰린다.

하지만 명화와 소희가 생존하기 위해선 이곳을 꼭 수복해야 할 필요가 있었다.

그는 치안 센터로 향하는 길목을 확보하기 위해 자신의 집 창문에 안전바를 걸고 클라이밍을 시도했다.

"후우……."

명화의 집은 지상 3층, 옥상까지는 2층에 불과하다.

하지만 이곳에서 발을 조금만 잘못 디디면 천 길 낭떠러지보다 더 무서운 감염자들의 세상으로 향하고 만다.

그는 깊게 심호흡을 한 후 천천히 건물 외벽을 오르기 시작했다.

퍼억, 퍼억!

한 손 한 손 천천히 파이프라인을 잡고 벽을 오르던 명화는 한차례 고비를 만난다.

미끄덩~

"허, 허억!"

파이프라인은 가장 안전을 기해야 하기 때문에 불에서 최대한 멀리 떨어뜨려 놓는 것이 정석이다.

게다가 파이프라인에서도 가장 가장자리를 타고 오르는데, 하필이면 그곳 근처에 주방을 배치해 놓은 집이 있었던 것이다.

도대체 얼마나 오랫동안 이곳에서 요리를 해댔으면, 그 기름이 파이프라인에 튀어 도저히 그것을 잡고 서 있을 수가 없을 정도였다.

그 때문에 명화는 신발과 손에 기름이 묻어버렸고, 이대론 도저히 철과 같은 물건을 만질 수가 없을 것 같았다.

그는 재빨리 파이프라인에서 손을 떼고 그 옆에 있는 대리석을 손으로 잡았다.

턱!

하지만 그 선택은 한참이나 잘못된 것이었다.

스윽.

"어, 어어어……!"

대리석을 연마해 놓은 반석은 그 단면이 상당히 미끄럽기 때문에 기름이 묻은 손으로 잡았다간 이내 미끄러지고 만다.

삐걱!

"으아아악!"

명화는 감염자들이 득실거리는 바닥을 향해 떨어져 내렸다.

휘리리리리리릭!

그의 허리에 걸쳐 있던 로프가 차례대로 풀리면서 미처 손을 쓸 틈도 없이 바닥을 향해 곤두박질치고 만 것이다.

그러나 사람은 위기에 처하면 미처 생각지도 못한 괴력을 발휘하는 법이다.

그는 빠르게 스치고 지나가는 풍경 사이에서 파이프라인 옆에 있는 전선을 재빨리 잡았다.

턱!

그의 손에 묻어 있던 기름이 먼지와 엉기며 마찰력을 생성해 냈다.

덕분에 명화는 전선을 손으로 붙잡고 외벽에 매달릴 수 있었다.

"끄아아아악!"

따악!

"이, 이런 씨발!"

그가 서 있는 지점은 감염자들의 손과 이빨에서 불과 10㎝가량 떨어져 있다.

만약 여기서 까닥 실수하는 날엔 그대로 황천행이라는 소리다.

"뭐 하나 쉬운 것이 없군!"

명화는 가가호호 연결되어 있는 TV 케이블로 보이는 전선을 잡고 천천히 외벽을 오르기 시작했다.

＊　　　　＊　　　　＊

건물 옥상으로 올라간 명화는 전신주를 따라 연결된 굵은 전선들을 바라보았다.

"잘하면 저것을 이용할 수 있겠군."

전신주에 매달린 전선은 폭설이 일어나면 가장 빨리 주저앉을 유약한 기자재로 보이지만, 그것들을 엮어놓은 묶음은 상당히 두껍고 질기다.

그렇기 때문에 무게 70㎏ 상당의 명화가 매달린다고 해도 절대 끊어지지는 않을 것이다.

하지만 전신주를 지나가는 전선들은 절연을 위해 피복을 만든 것이 아니라 눈과 비에서 전선을 보호하기 위해 만든 선이다.

때문에 얇은 전선들은 명화의 몸을 지탱하지 못할 수도 있었다.

명화는 자신의 운명을 동네 전신주들 사이를 지나는 이 전선 묶음에 걸어보기로 했다.

"어차피 이곳에서 죽으나 저곳에서 죽으나 죽는 것은 매한가지다!"

그는 전선에 등산용 고리를 걸고 그것을 로프로 연결시켜 안전장치를 만들었다.

만약 명화가 잘못해서 아래로 떨어지게 되면 고리에 연결된 로프가 서로 엉키면서 그의 몸이 전선에 대롱대롱 매달린 형태가 될 것이다.

하지만 그사이에 하중이 더 많이 발생되기 때문에 잘못하면 전선이 끊어질 수도 있었다.

고로 명화는 숨도 많이 쉬지 말고 오로지 전선을 타고 앞으로 나아가는 것만 생각해야 한다는 소리다.

"후우! 할 수 있다!"

명화는 옥상에 있던 장바구니용 수레의 바퀴를 떼어내고

그 위의 고무 타이어를 벗겨내 도르래를 만들었다.

이것에 손잡이를 달고 전선에 도르래를 매달면 굳이 힘을 사용하지 않아도 앞으로 나아갈 수 있을 것이다.

그러나 이것에 대한 안전성 실험을 거칠 수가 없어 과연 성공적으로 앞으로 나아갈 수 있을지는 의문이다.

하나 지금 그에게 있어 선택지란 존재하지 않았다.

"까짓것, 죽기밖에 더하겠어?"

그는 전신주 위의 전선에 도르래를 걸고 그것에 만들어둔 손잡이를 두 손으로 꼭 잡았다.

꿀꺽!

마른침을 삼킨 명화, 이제 모든 것은 운명에 맡기는 수밖에 없었다.

"가자!"

명화는 전신주 위로 올라간 후 도르래 손잡이를 잡고 하강을 시도했다.

끼리리리리릭!

그러자 명화가 만든 도르래가 거침없이 앞으로 달려 나간다.

쐐에에에에엥!

"으아아아아아악!"

자양동 치안 센터는 상대적으로 높은 지대에 있기 때문에 도르래를 타고 하강한다면 그 속도가 꽤 빨라질 것이다.

명화는 자신의 볼이 덜덜 떨릴 정도로 빠르게 하강하는 도르래를 간신히 붙잡은 채 앞으로의 일을 생각했다.

'이대로 달린다면 반드시 뛰어내려야 할 상황이 발생한다! 그럴 바엔 차라리 옥상으로 올라가자!'

그는 빠르게 달리던 도르래에 브레이크를 걸기로 했다.

꾸구구구구국!

명화는 도르래의 바퀴 앞에 고무 타이어를 살며시 올려놓곤 그것을 앞으로 넣었다 뺐다 하면서 강약 조절을 시도했다.

그의 시도는 완벽하게 성공했고, 명화는 이제 치안 센터 바로 앞에 있는 4층 건물 옥상에 안착할 수 있었다.

"후우, 살았다!"

의경 출신 명화는 군대에서도 해본 적 없는 유격을 지금 하느라 정신이 없는 상태였다.

하지만 이대로 멍하니 있을 수는 없는 노릇이다.

그는 이곳에서 치안 센터까지 과연 얼마나 긴 틈이 나 있는지 가늠해 보았다.

"흠……."

명화가 살펴보기에 이곳에서 치안 센터까진 대략 15미터가량 되는 것 같았다.

잘못하면 아래로 떨어질 수도 있는 길이지만 충분히 도약해 닿을 수 있는 거리이기도 했다.

문제는 명화가 얼마나 거침없이 도움닫기를 할 수 있느냐 하는 것이다.

"그래, 이것쯤이야!"

그는 건물 끝에서부터 달리기 시작해 치안 센터 옥상을 향해 도움닫기를 시도했다.

타다다다닥, 팟!

"흐어어어업!"

있는 힘을 다해 도약한 명화는 안정적으로 포물선을 그리며 날아갔으나, 문제가 하나 있었다.

그의 앞에 전신주에서 갈라진 전선이 하나 있다는 것이다.

퍼억!

"크헉!"

자신의 앞을 가로막은 전선에 걸려 아래로 떨어진 명화는 치안 센터 옆 골목으로 곤두박질쳤다.

쿵쿵쿵, 퍼억!

"크어억!"

다행히 건물에 나 있던 장애물에 몸이 걸려 떨어진 덕에 목숨은 건질 수 있었다.

하지만 문제는 이곳에도 감염자들이 득실거린다는 점이다.

"끼에에에엑!"

"…으으으으으!"

장애물에 부딪치느라 타박상을 입은 명화는 약 5초간 그로기 상태가 되어버렸고, 그 틈을 타 감염자들이 손을 뻗었다.

"크하아아악!"

"허억!"

평소 같으면 기절했어도 이상할 것 없는 상황이지만 지금은 오히려 정신이 번쩍 드는 명화이다.

"젠장! 여기까지 와서 죽을쏘냐?!"

이윽고 명화는 용수철처럼 바닥에서 튕겨 일어나 다짜고짜 치안 센터 화장실 유리창으로 몸을 내던졌다.

쨍그랑!

몸으로 유리창을 들이받은 명화가 간신히 화장실로 들어서자, 감염자들 역시 그곳을 비집고 들어온다.

"끄억, 끄억!"

"질긴 새끼들!"

명화는 그들의 머리를 발로 밀어 떼어냈다.

퍽퍽퍽!

"끄어어억!"

"죽어라!"

그러곤 화장실 창문을 굳게 닫고 그 앞을 주변에 있던 기자재들로 꽁꽁 막아버렸다.

그러자 감염자들은 머리만 빠끔히 내밀 뿐 더 이상 앞으로 밀고 들어오지 못했다.

끼릭, 끼릭!

"끄어어어어!"

"휴우, 살았군!"

명화는 그제야 가슴을 쓸어내리며 치안 센터 안으로 들어섰다.

*　　　*　　　*

자양동의 한 다세대주택 앞.

유엔군 구조대와 악의 시종들이 첨예하게 대결 구도를 그리고 있다.

두두두두두!

―끼헤에엑!

"클리어!"

―제기랄, 전방에서 또 한 무리의 감염자들이 몰려온다! 아무래도 지금 당장 입구를 열고 돌입해야 할 것으로 보인다!

미카엘은 강화유리로 된 다세대주택의 입구를 열기 위해서 도어락을 해킹하는 중이었지만 이젠 그럴 시간조차 없을 것으로 보였다.

"빌어먹을, 어쩔 수 없다. 문을 부수고 들어간다!"

"예, 알겠습니다!"

미카엘의 결단대로 대원들은 강화유리에 C4를 부착하여 입구를 폭파시켰다.

"폭파!"

"하나, 둘, 셋, 폭파!"

콰앙!

문이 폭파되면서 유리가 사방으로 튀었다.

쨍그랑!

"소리를 듣고 감염자들이 더 몰려올 것이다! 어서 올라가자!"

"예!"

신속하게 다세대주택 위로 올라간 그들은 주소지에 적힌 호실의 문을 열었다.

쾅!

미카엘은 재빨리 방 안에 위험 요소가 있는지 확인해 보았다.

"클리어!"

"사령관님, 이곳엔 사람이 없는 것 같은데요?!"

"빌어먹을!"

"혹시 이미 저들의 먹이가 된 것이 아닐까요?"

불안한 시선으로 방의 내부를 바라보던 미카엘은 어지럽게 흩어진 짐 사이에서 물건을 챙긴 흔적을 발견했다.

냉장고는 다 열려 있고 그 앞에는 애인으로 보이는 사람의 사진이 붙어 있다.

"이봐, 요인에게 애인이 있다고 했던가?"

"그것까진 잘 모르겠습니다. 어디까지나 그의 사생활이니까요."

"으음."

그는 방 안을 조금 더 뒤져보기로 했다.

"여유가 얼마나 있지?"

"대략 1분입니다! 그 안에 옥상으로 피신하지 못하면 다 죽습니다!"

"젠장, 알겠다. 1분 안에 수색을 끝내겠다."

이제부터는 누가 뛰어난 실력을 지녔느냐가 아니라 얼마나 운이 좋은가를 판단해야 할 때였다.

미카엘은 주인공의 침대맡에 놓인 상자들을 마구 뒤지기 시작했다.

그러자 여성의 이름이 적힌 택배 상자 하나가 나왔다.

택배 상자 안에서 성인 용품이 마구 쏟아져 나왔다.

"초박형 콘……."

"이겁니다!"

"택배 상자를 애인의 집에서 가지고 온 모양이군."

"이곳으로 가면 될 것 같습니다!"

"좋아, 전 대원! 가양동으로 간다! 신속히 옥상으로 피신하라!"

"예!"

구조대는 이제 방향을 바꾸어 가양동으로 향했다.

*　　　*　　　*

치안 센터 안은 이미 초토화가 되어 있었지만, 최소한 감염자들은 눈에 들어오지 않았다.

명화는 이곳에 있을 권총을 찾아다니기 시작했다.

"분명 이곳에 권총이 있을 거야."

아무리 작은 치안 센터이지만 국가에서 비상사태를 선포했을 정도면 분명 총기를 들여왔을 것이다.

명화는 치안 센터 창고를 뒤져 리볼버 권총 두 자루를 손에 넣었다.

끼리리릭, 탁!

"좋아, 열두 발이면 충분히 해볼 만하지!"

치안 센터 주차장에는 경찰차가 주차되어 있을 것이고, 운이 좋다면 그것을 타고 밖으로 나갈 수도 있다.

명화는 치안 센터 안에서 곧장 연결된 주차장으로 들어가 그곳에 경찰차가 있는지 확인해 보았다.

하지만 경찰차는 이곳에 서 있지 않았고, 순찰용 오토바이 만이 이곳에 덩그러니 놓여 있었다.

그는 오토바이에 기름이 있는지 확인해 보았다.

끼릭, 끼릭.

"흠, 기름통에 기름은 가득하군. 그런데 열쇠가……."

문제는 이 오토바이에 시동을 걸어줄 열쇠가 보이지 않는 다는 것이다.

명화는 주변을 뒤져 오토바이의 열쇠를 찾아보았으나 찾을 수 없었다.

"도대체 어디에 있는 거지?"

한참 동안이나 열쇠를 찾아다니던 명화, 그런 그에게 불길 한 소리가 들려왔다.

쿵쿵쿵, 쨍그랑!

"끄어어어어!"

"제기랄! 정문을 뚫고 들어와?!"

이곳 주변을 가득 채우고 있던 감염자들은 끝내 정문을 뚫 고 들어왔고, 명화는 재빨리 창고의 문을 닫았다.

하지만 그들의 파상 공세는 매우 거셌기 때문에 전력을 다 하지 않으면 문을 닫고 서 있을 수가 없었다.

쿵쿵쿵!

"크윽!"

가까스로 문을 사수하던 명화지만 하늘은 그런 그를 도와줄 생각이 없는 것 같았다.

분명 아무도 없는 것 같던 주차장 구석에서 한 인영이 스르르 모습을 드러낸 것이다.

부스스스.

"크으으으으……."

"포, 포장막?! 젠장! 왜 저곳을 뒤지지 않았지?!"

주차장 구석에 놓여 있던 차량용 포장막에 가려져 있던 시신 한 구가 되살아나 명화를 향해 슬금슬금 걸어오기 시작했다.

이곳을 단단히 막고 있느라 움직일 수도 없는 명화에겐 가히 최악의 상황이라고 할 수 있었다.

하지만 절망 중에서도 희망의 꽃은 피어나게 마련이다.

찰랑, 찰랑!

"여, 열쇠 꾸러미?!"

머리가 반쯤 날아가 버린 경찰 주머니에는 대략 열 개 남짓한 열쇠가 엮여 있었는데, 그중에는 오토바이의 것도 분명 매달려 있을 것이다.

쿵쿵쿵!

점점 더 거세지는 감염자들의 공격, 명화는 이제 결단을 내릴 수밖에 없었다.

"그래, 어쩔 수 없지! 그냥 되는 대로 내버려 둘 수밖에!"

그는 애써 막고 있던 문에서 떨어졌고, 그 뒤로 대략 20명 정도의 감염자들이 쏟아져 나왔다.

명화는 그중에 두 명에게 권총을 발사했다.

탕탕!

"죽어라!"

하지만 두 발 모두 그들에겐 별 소용이 없는지 그 즉시 자리에서 일어나 명화를 향해 달려들었다.

"끄어어어어!"

"이런 빌어먹을! 총알도 안 통한단 말이야?!"

어쩐 일인지 총을 맞고도 움직이는 감염자들에게 명화는 계속해서 권총을 발사했다.

탕탕탕탕!

"죽어! 좀 죽으란 말이야!"

바로 그때, 한 발이 감염자 중 한 명의 머리에 적중했다.

서걱!

"끄어어……."

"주, 죽었다!"

그제야 명화는 감염자들을 제압하려면 머리를 날려 버리는 수밖엔 다른 방도가 없다는 것을 깨달았다.

"그래, 머리가 답이었군."

일단 그는 왈칵 쏟아져 나온 감염자들을 제쳐두고 아직도 느릿느릿 움직이는 경찰관에게로 달려갔다.

그러곤 그의 머리에 다짜고짜 총알을 박아 넣었다.

"경찰관 살해는 중죄이지만 시비는 네놈들이 먼저 걸었다!"

타앙!

"……."

단 일격에 목숨을 잃은 감염자에게서 재빨리 열쇠 꾸러미를 챙긴 명화는 미친 듯이 달려드는 감염자들에게 남은 탄환을 모두 소비했다.

탕탕탕탕탕탕!

여섯 발 중 세 발이 머리에 명중했고, 명화는 그 틈을 타 오토바이 키를 찾아냈다.

"이, 이것이군!"

명화는 이제 이것을 오토바이에 꽂고 시동을 걸었다.

부르르르르릉!

"오오오, 걸린다!"

총을 맞고 쓰러진 놈들을 넘고 또 다른 놈들이 넘어오기 전에 명화는 오토바이를 출발시켰다.

부아아아아아앙!

전속력으로 튕겨 나간 명화는 그대로 주차장 측면의 유리창을 뚫고 앞으로 나아갔다.

쨍그랑!

"크윽!"

그 탓에 온몸에 유리 파편이 박히긴 했지만 목숨을 잃는 것보다는 훨씬 나은 선택이었다.

부르르릉, 부아아앙!

"끄어어어어!"

명화가 도로로 나서자마자 그를 쫓아 달려드는 감염자의 숫자가 엄청났지만 그들에겐 오토바이를 따라올 재간이 없었다.

"하하, 하하하! 살았다!"

다행히 경찰서에서 빠져나온 명화는 곧장 큰 도로를 타고 가양동으로 향했다.

*　　　　*　　　　*

가양동 사거리에서 북쪽으로 올라가다 보면 고속도로로 진입할 수 있는 4차선 도로가 나온다.

소희의 집은 그 중간 지점에 위치하고 있어 꽤 많은 감염자들 사이에 둘러싸여 있었다.

하지만 좁은 골목 사이에 위치해 있는 데다 지하 주차장을 완비하고 있어 잘만 하면 안전하게 그 안으로 들어갈 수도 있을 것 같았다.

명화는 소희의 집 앞에 도착해 그녀의 방문으로 돌멩이를 마구 집어 던지기 시작했다.

따악, 따악, 따악!

이것은 부모님과 함께 살던 그녀의 집 앞에 올 때마다 명화가 하던 행동이다.

그 추억 때문인지 그녀는 명화의 부름에 곧장 반응했다.

"오, 오빠?!"

"그래, 나야! 어서 지하 주차장 문 열어! 어서!"

"알겠어!"

그녀는 명화의 말대로 곧장 지하 주차장 문을 열었다.

위이이이잉, 철컹!

아직 감염자들은 대부분 큰 도로에 나가 있기 때문에 대략 2~3분가량 시간을 벌 수 있던 명화는 안전하게 지하 주차장 안으로 들어설 수 있었다.

그녀는 명화가 주차장 안으로 들어간 것을 확인하자마자 리모컨으로 주차장 문을 폐쇄시켜 버렸다.

그제야 안전지대에 들어선 명화는 곧바로 올라가 그녀의 생사를 확인했다.

"소희야!"

"흑흑, 오빠!"

눈물로 범벅이 된 그녀는 명화를 보자마자 그의 품에 폭 안겼다.

"보고 싶었어!"

"그래, 나도!"

명화는 너무나도 힘든 하루를 보냈을 그녀를 힘껏 안아주었다.

하지만 상봉의 기쁨도 잠시, 명화는 곧바로 그녀를 데리고 이곳을 나가야 함을 너무나도 잘 알고 있었다.

"소희야, 일단 이곳에서 나가자. 이 동네에 가만히 있다간 감염자들의 밥이 되고 말 거야."

"하지만 밖은 위험하잖아. 방송에서도 집에 가만히 있는 편이 좋다고 했고."

"아니, 절대 그렇지 않아. 나는 방금 치안 센터에서 오는 길이야. 그곳도 이미 사람이 살 수 있는 곳은 아니었어. 그렇다는 것은 우리가 구조될 확률이 극히 적다는 소리지."

공권력이 발동될 것이었다면 벌써 이곳까지 군대를 급파하고도 남았을 것이다.

보통 도시에는 폭동을 진압할 수 있는 병력과 그들을 조달할 수 있는 비상 연락망을 갖추고 있다.

또한 대전은 군수와 탄약을 보급하는 사령부가 위치해 있기 때문에 정부가 이곳의 함락을 가만히 좌시하고 있지는 않을 것이다.

그럼에도 불구하고 이렇게까지 사태가 커졌다는 것은 있을 수가 없는 일이다.

그녀는 명화의 말에 수긍했다.

"그래, 그건 오빠 말이 맞는 것 같아."

"일단 이곳에서 나가자. 그리고 필요한 물품만 챙겨서 곧바로 피난을 가자고."

"피난? 어디로?"

"금강을 따라서 나가다 보면 서해에 닿을 수 있어. 그러니까 갑천까지만 가도 충분히 승산이 있다는 얘기지."

"으음."

"내겐 지금 오토바이 한 대뿐이지만 이것을 타고 인근 레포츠 상점으로 가자. 듣기론 물에서도 뜨는 사륜오토바이가 있다고 하더라고. 운이 좋다면 갑천까지 갈 수 있을 거야."

"알겠어. 난 오빠를 따를게."

"그래, 고마워."

앞으로의 청사진을 그린 후에야 그녀는 명화의 상태를 제대로 살폈다.

"그나저나 오빠의 몸에 유리 파편이 박혀 있어. 이것들을 치료하지 않으면 봉와직염으로 번질 거야. 그러니 일단 치료부터 하자."

"알겠어."

명화는 그녀에게 치료를 받은 후 집을 나서기로 했다.

＊　　　　＊　　　　＊

가양동에서 출발해 대전 비례동으로 올라간 명화는 낚시꾼들을 위한 레저 용품점을 찾았다.

이곳 역시 감염자들이 들끓기는 마찬가지였지만 다행히도 상가 인근에는 그나마 감염자들이 적은 편이었다.

명화와 소희는 오토바이를 타고 곧장 상가 안으로 들어가 필요한 물품만 챙겨 나오기로 했다.

"방수 용품과 바람막이, 텐트, 취사 용품만 챙겨서 바로 떠나자!"

"알겠어!"

각자 역할을 분담하여 재빨리 물품을 갈무리한 명화는 물에 뜨는 4륜구동 오토바이를 찾아보았다.

"보자……."

상당히 고가의 물품이라 이곳에 있을까 싶던 명화지만 상당히 운이 좋았다.

얼마 전 유럽에서 물 건너온 4륜오토바이가 이제 막 장막을 벗은 것이다.

명화는 오토바이의 짐칸에 텐트와 행낭 등을 매달고 곧바로 시동을 걸었다.

부르르릉!

"가자! 이제 곧 감염자들이 들이닥칠 거야!"

"아직 수저와 젓가락은 못 챙겼는데! 그릇도!"

"그런 것은 필요 없어! 불 피울 것과 냄비만 있으면 돼! 일단 타!"

"그래도……."

"어서!"

생활에 필요한 것이라면 뭐든 챙기고 싶은 것이 여자의 마음이지만 지금은 그런 투정을 다 들어줄 여유 따윈 있지 않았다.

명화는 곧장 오토바이에 그녀를 태워 도로로 나섰다.

"끄어어어어!"

"허, 허억!"

"꽉 잡아!"

어느새 감염자들이 상가 인근까지 접근하여 잘못하면 밖으로 나갈 엄두도 내지 못했을 뻔했다.

그녀는 그제야 명화의 말을 들은 것이 최선이었다고 뉘우쳤다.

"오빠, 미안해. 다시는 억지 부리지 않을게."

"괜찮아. 그럴 수도 있지. 우리 둘이 다 같이 먹고살자고 한 일인데, 뭐."

"고마워."

두 사람은 곧장 도로를 따라 갑천변으로 향했다.

*　　　*　　　*

갑천은 대전 유등천에서 이어져 곧장 금강으로 흘러드는 강이다.

그 길이는 무려 76km에 이르며, 대전의 젖줄이자 금강의 지류이기도 하다.

명화는 갑천 도시 고속도로가 지나가는 도룡동 인근에서부터 4륜오토바이를 띄워 곧장 금강으로 흘러들기로 했다.

부아아아앙!

4륜오토바이는 원래 시속 120km까지 올릴 수 있지만 물에선 겨우 15km 남짓 속력을 낼 수 있다.

하지만 지금 이 근방에서 배를 구하기란 쉽지 않았기 때문에 이대로 당분간 여행을 지속하기로 했다.

명화는 대전에서 공주로 오토바이를 몰아 부여, 익산 등을 거쳐 서천 앞바다로 나설 생각이다.

비록 시일이 오래 걸리긴 할 테지만 도로 위를 달리는 위험을 감수하는 것보다는 훨씬 나은 선택이었다.

"끄어어어어!"

"저 위는 여전히 지옥이구나. 아직도 감염자들이 뛰어다니고 있네."

"그러게 말이야. 느리긴 해도 오토바이가 없었다면 정말이지 끔찍할 뻔했어."

뭍은 지금 넘쳐나는 감염자들로 인해 생지옥이 펼쳐지고 있었고, 여전히 사람들이 산 채로 뜯어 먹히는 광경이 연출되고 있었다.

명화가 조금이라도 선택을 늦게 했거나 오토바이 대신 차를 타고 이동하겠다고 마음먹었다면 지금쯤 저들과 같은 신세가 되었을 것이다.

그녀는 결단력 있고 행동력 좋은 명화와 함께 있다는 것이 얼마나 다행인지 모르겠다고 생각했다.

"오빠, 난 오빠가 아니었다면 이미 죽은 목숨이야. 이젠 오빠에게 헌신하면서 살게."

"아니야, 네가 있기 때문에 이곳까지 온 거야. 그렇지 않았다면 내가 어떻게 목숨 걸고 이곳까지 올 수 있었겠어? 아마자양동 골방에서 굶어 죽었거나 여전히 옥상에서 구조나 기다리고 있었겠지."

"오빠……."

"앞으로도 우리 둘은 계속해서 의지하면서 살아가야 해. 알
겠지?"

"응!"

그녀는 명화가 목숨을 걸고 움직일 수 있게 만들어주는 유
일한 원동력이다. 아마 그녀가 없었다면 명화는 이미 없을 것
이다.

그는 이제부터 자신과 그녀를 지키며 이 난관을 차근차근
헤쳐 나갈 것을 다짐했다.

*　　　　*　　　　*

갑천을 지나 부여 인근 금강 유역에 닿은 명화는 정원 150명
이 탈 수 있는 400톤급 유람선을 한 척 발견했다.

이 유람선은 금강 유역에서부터 서천 앞바다까지 운항하면
서 승객을 꽤 많이 실어 나르던 것으로 보였다.

하지만 이제는 그 겉면부터가 모두 다 피투성이라 을씨년스
러운 느낌마저 풍기고 있었다.

명화는 그런 유람선 입구에 섰다.

"좀 으스스하군."

"…오빠, 꼭 이곳에 들어가야겠어? 안에 감염자가 있으면 어

떻게 해?"

"하지만 우리에겐 선택지가 없어. 이대로 가다간 굶어 죽을 것이고, 뭍에는 엄청난 숫자의 감염자들이 있잖아."

"그렇지만……."

"게다가 지금 오토바이에는 기름이 얼마 남지 않았어. 잘못하면 헤엄쳐서 서해까지 가야 할지도 모른다고."

"그래도……."

"이 오빠만 믿어. 절대로 실망시키지 않을 거야."

명화는 그녀의 손을 꼭 잡은 채 유람선 안으로 들어가 먹을 것을 구하고 기름을 조달하기로 했다.

만약 가능하다면 이 배를 끌고 서해로 나가 몸을 의탁할 수 있는 곳을 찾아보는 것도 좋은 방법일 것이다.

두 사람은 피투성이가 된 입구를 지나 객실 내부로 들어섰다.

"쿨럭쿨럭!"

"이게 도대체 무슨 냄새야?"

"아무래도 시신이 부패해서 나는 냄새가 아닌가 싶어."

"으으, 너무 괴로워. 이런 곳에 먹을 것이 있기나 할까?"

"그건 알 수 없지. 일단 식당을 찾아가 보자. 뭔가 있겠지."

두 사람은 지하 1층에 위치한 식당가에서 먹을 것이 있는지 찾아보기로 했다.

끼익, 끼익.

강물이 일렁일 때마다 조금씩 갸우뚱하는 선체 때문에 식당가는 미묘한 마찰음을 내고 있었다.

때문에 신경이 분산된 명화는 공중에 붕 뜬 느낌을 받았다.

"신경이 쓰이는군."

바로 그때였다.

"끄어어어……!"

"감염자?!"

"오빠, 어떻게 해?!"

"젠장! 일단 지상으로 올라가자!"

명화는 그녀를 데리고 무작정 지상으로 내달리기 시작했고, 총 세 명의 감염자가 두 사람을 뒤따랐다.

그는 그녀를 지상으로 올려 보낸 후 곧장 레포츠 용품점에서 구한 야구 배트를 휘둘러 추격자를 처단했다.

"죽어라!"

부웅!

퍼억!

"끄엑……."

첫 타에 저세상으로 떠난 감염자를 따라 두 명의 감염자가 다시 달려들었고, 명화는 1층으로 올라가는 계단을 오르며 다시 몽둥이를 휘둘렀다.

빠각!

"쿠헉!"

"빌어먹을 놈들!"

하지만 남은 한 놈이 그를 향해 누런 이를 드러냈다.

"으어어어어!"

"제, 제기랄!"

이대로라면 필시 다리가 깨물릴 상황. 명화는 이대로 자신이 꼭 죽을 것 같은 생각이 들었다.

'젠장, 젠장!'

그러나 그의 예상과는 다르게 명화의 머리 너머로 한 인영이 뚝 떨어져 내렸다.

"에잇! 우리 오빠 물지 마!"

빠악!

"끄웩!"

"소희?!"

그녀는 1층에 구비되어 있는 소화기를 들고 무작정 감염자를 때려죽이기로 한 것이다.

덕분에 시간을 번 명화는 소희와 엉켜 넘어진 녀석을 처단해 버렸다.

빠악, 빠악!

"죽어! 죽어!"

간신히 놈을 처단한 명화, 하지만 그는 이내 믿을 수 없는 광경과 마주했다.

"으으, 다리를 물렸네."

"뭐, 뭐라고?"

"다리를 물렸어. 저놈들이 뜯어 먹으면 사람이 이상하게 변한다고 했지? 아무래도 타액으로 감염되는 전염병이 아니었을까?"

"그, 그건……."

그녀는 미소를 지으며 말했다.

"아무래도 난 못 가겠어. 오빠 혼자 가."

"아니! 난 너를 두고 절대로 못 가! 차라리 여기서 죽고 말지!"

"흑흑! 오빠를 보내는 것이 너무 분하고 아쉽지만 별수 없어! 두 사람 모두 다 죽을 수는 없잖아!"

"아, 안 돼! 그렇게는 안 돼!"

아직까지 어떤 식으로 감염된다는 데이터는 없었지만 타액으로 전염된다는 것은 경험을 통해 절반쯤 증명된 셈이다.

그렇지만 아직 명화는 그녀를 보낼 준비가 되어 있지 않다.

"흑흑……."

"오빠, 어쩌면 이것도 운명이 아닐까? 나는 어차피 오빠에게 짐이 될 뿐이야. 그럴 바엔 차라리 없는 편이 나아."

"아, 아니야! 그렇지 않아! 난……."

그녀는 거의 반쯤 정신을 놓아버린 명화의 따귀를 한 대 올려붙였다.

짜악!

"으윽!"

"정신 차려! 지금 약해지면 안 돼! 오빠가 이러면 내가 얼마나 슬프겠어?! 안 그래?!"

"……."

"알겠어? 오빠는 이제부터 내 몫까지 잘 살아내야 한다는 소리야."

"…알겠다. 미안하다, 나약한 소리를 해서."

두 사람이 작별의 인사를 나눌 때 그녀의 몸에서 이상 반응이 나타나기 시작했다.

"쿨럭쿨럭! 끄이에에엑?!"

"소, 소희야?"

"오, 오빠, 난 더 이상 안 되겠어. 오빠의 손으로 해치워 줘."

"그, 그렇지만……."

"쿨럭쿨럭! 어서!"

명화는 두 눈을 질끈 감았다.

"미안하다!"

퍼억!

"……."

단 한 방에 머리가 깨져 죽어버린 그녀. 명화는 망연자실한 표정으로 털썩 주저앉고 말았다.

"미안하다. 너무 미안해."

슬픔에 빠져 버린 명화는 망연자실한 표정을 지었지만 얄궂은 운명은 그제야 명화에게 한 줄기 빛을 내려주었다.

―치이이익! 여기는 완도 군사기지! 생존자가 있다면 대답하십시오! 당신은 혼자가 아닙니다! 우리가 당신을 구출할 수 있습니다!

"구, 군대?!"

그는 재빨리 무전기를 잡았다.

"여, 여기는 금강……."

―새, 생존자가 있군요! 다행입니다! 어디시라고요?! 금강이요?

"네."

―알겠습니다. 지금 당장 해군을 파견하지요.

명화는 이내 무전기를 내려놓고 구조대를 기다리기로 했다.

*　　　*　　　*

늦은 밤, 미카엘 컴퍼비치는 전혀 뜻밖의 곳에서 명화를 찾아냈다.

"이봐요, 명화 청년. 정신이 좀 들어요?"

"……."

정신이 나가 버린 그의 곁에는 머리가 깨진 채 죽은 여성의 시신이 있었다.

그는 씁쓸한 표정으로 명화의 어깨를 두드렸다.

"유감입니다."

"……."

"아무튼 우리와 함께 갑시다. 당신이 해야 할 일이 좀 있어요."

명화는 미카엘을 따라서 스위스로 향했다.

4. 빛바랜 그곳으로

　지중해에서 아라비아반도로 한차례 육로 환적을 마친 명화방은 홍해와 아덴만을 거쳐 아라비아해로 나왔다.

　아직까지 수에즈운하가 건설되지 않은 상황이기 때문에 유럽에서 아시아로 넘어가는 길목은 상당히 긴 여정이다.

　유럽의 상인들이 아시아로 건너가기가 힘든 이유는 바로 이러한 이유 때문이었다.

　아랍 상인들이 전 세계 곳곳으로 행상을 다닐 수 있던 것은 이러한 육지의 장벽을 뛰어넘을 수 있었기 때문이다.

　아랍은 지리적으로 보자면 북쪽으론 유라시아, 남쪽으로는 아프리카, 서쪽으론 인도와 아시아로 뻗어나갈 수 있었다.

때문에 아라비아의 상인들은 꽤 오래전부터 아시아와 유럽을 오가면서 교역을 해왔다.

명화방은 이러한 아랍에 방의 근거지를 두고 있었기에 인도와 아프리카, 유럽, 아시아까지 활발한 교역 활동을 펼칠 수 있었던 것이다.

천태는 포트사이드에 근거하고 있는 명화방의 분타에서 배를 한차례 바꾸고 물자를 새로 보급하여 수에즈로 향했다.

수에즈는 홍해로 나아가는 길목이기 때문에 명화방은 페르시아의 사유지에서 벌어들인 돈으로 가장 먼저 이곳에 땅을 샀다.

천태는 유럽과 아시아를 잇는 교두보로 이곳 두 개의 항구에 엄청난 양의 금을 투자하여 육로와 바닷길을 잇는 이점을 빠르게 확보한 것이다.

덕분에 명화방은 남들보다 빠르고 저렴하게 환적하고 고수익을 올릴 수 있는 기반을 마련하게 된 셈이다.

수에즈의 분타에서 지급 받은 배에 또다시 교역품과 물자를 실은 천태는 곧바로 인도로 향했다.

인도에서 동남아시아를 거쳐 중국으로 가는 것이 북해빙궁으로 가는 가장 빠른 길이기 때문이다.

만약 인도나 아랍에서 곧장 산을 넘어 러시아까지 가자면 상당히 험하고 거친 여정이 될 뿐만 아니라 거리도 상당히 멀었다.

더군다나 사막과 히말라야산맥을 넘어서 러시아로 가기엔 적당한 운송 수단이 없어 차라리 배를 타고 조금 돌아가는 길을 선택하는 편이 좋다.

요동반도에서부터 북경까지는 길이 꽤나 잘 닦여 있고 북경에서 북쪽으로 올라가는 길 역시 잘 닦여 있기 때문에 사막만 넘으면 북해빙궁까지는 금방이다.

천태는 오랜 경험을 토대로 쌓은 지식을 동원하여 북해빙궁까지 가는 최단거리를 잡은 것이다.

인도를 지나 남중국해 인근까지 온 천태의 표정이 썩 좋지 못했다.

"…이런 식으로 돌아올 줄이야."

"어차피 장사의 영역은 이곳까지 넓혀졌을 것 아닙니까?"

"그것은 아직까지 생각해 볼 문제가 아니었네. 아무리 우리가 위장을 잘한다고 해도 중원으로 쉽사리 돌아갈 수 있을리가 없잖나?"

"으음, 그건 그렇지요."

천태는 손자 무혁이 최대한 안정적으로 이곳의 시장을 뚫어내기를 원했기에 아직은 적이 득실거리는 중원으로 올 생각이 없었다.

하지만 그에게도 향수는 분명 있었다.

"만약 하랑 부부를 만나게 된다면 다시 천가장원으로 돌아가 단 며칠이라도 지내보고 싶군. 그곳은 우리 천씨 일가가 멸망하기 전까지 살아온 고향이니 죽기 전에 한 번만이라도 가본다면 소원이 없겠어."

"반드시 그렇게 될 겁니다. 수백 년이 지나도 살아 있던 천하랑 사부이니 반드시 그렇게 될 겁니다."

"…그래야지."

천태는 한차례 불어온 바닷바람을 맞으며 잔잔한 미소를 지었다.

휘이이이잉!

"으음, 그래, 이런 느낌이었어. 바다의 느낌부터가 다르군."

"아무리 껄끄러워도 고향은 잊지지 않는 것이군요."

"사람이 난 자리를 잊는다면 그 어찌 멀쩡하게 살아갈 수 있겠나?"

천태는 이제 곧 요동으로 갈 것임을 알렸다.

"요동을 통해서 들어간다면 아마 단단히 위장을 해야 할 걸세. 배는 인근 무인도에 잘 숨겨두고 우리는 검문이 없는 숲을 통해서 걸어갈 걸세. 아마 꽤 고된 여정이 될 거야."

"괜찮습니다. 히말라야산맥을 넘지 않는 것이 어디입니까?"

"허허, 그리 생각한다면 다행이고."

이제 천태와 그 부하들은 명화방의 시발점인 중원으로 향했다.

*   *   *

요동반도 인근 무인도로 명화방의 배 두 척이 들어왔다.

이곳은 원래 해적들이 본거지로 삼던 곳이지만 한차례 거대한 태풍이 훑고 지나가면서 물에 잠기고 말았다.

지금은 물이 빠져나가 사람이 당분간 지낼 수 있는 곳이 되었지만, 그때는 해일이 덮쳐와 차마 눈을 뜨고 볼 수 없을 정도로 흉측한 몰골이 되어버렸다.

인도 분타에서 데리고 온 고수 40명이 이곳을 단단히 지키기로 하였고, 태하를 포함한 일행 다섯 명만 북으로 올라가기로 했다.

소형 선박을 타고 육지로 올라온 태하와 일행은 이름도 없는 숲을 통해 중원으로 숨어들었다.

대략 사나흘의 일정이 될 이번 잠행은 말이나 소를 사용할 수 없기 때문에 금괴와 은괴만 챙겨서 진행될 것이다.

천태는 야산을 헤치면서 거침없이 나아갔는데, 그 걸음이 상당히 익숙해 보였다.

태하는 그에게 익숙한 걸음걸이에 대해 물었다.

"어르신, 외람된 말씀입니다만 걸음걸이가 아주 숙달되어 보입니다. 혹시 이곳을 다녀간 적이 있으십니까?"

"우리 일월신교와 무림맹은 피 터지게 싸워온 세월이 꽤 길다네. 우리 일월신교의 저력이 꽤 대단하긴 했지만 항상 싸움에서 이기는 것은 아니었어. 그렇기 때문에 이처럼 조용히 도망치거나 숨어 다니는 일이 상당히 빈번했지."

"그렇다면 지금의 이 길도 언젠가 도망을 치면서 외워두신 것이군요?"

"허허, 부끄럽지만 이곳은 내가 야반도주를 했을 때 자주 사용하던 곳일세. 이곳에서 지금의 한반도로 항상 도망을 치곤 했지. 만약 한반도까지 도망을 쳤는데도 따라온다고 느껴지면 왜국까지 도망쳤어. 그렇기 때문에 나만의 길이 꽤 많이 있는 편이지."

"씁쓸한 얘기이긴 하지만 그때의 고생 덕분에 우리가 다소 편하게 움직일 수 있는 것이군요."

천태는 태하의 천진난만한 얘기에 실소를 흘렸다.

"자네는 참 낙천적이라서 좋아."

"하하, 감사합니다."

일행은 이틀째 산길만 걷다가 작은 마을을 만나게 되었는데, 입구에 아주 작은 주막이 하나 있었다.

태하는 중국의 객잔과는 아예 분위기가 다른 주막을 바라보며 고개를 갸웃거렸다.

"이런 곳에 주막이 있군요?"

"아주 오래전에 백제에서 넘어온 유민들이 정착한 마을일세. 백제의 세력이 강성했을 때엔 이런 숲에 숨어서 살 필요가 없었지만 나라가 망하고 나니 갈 곳을 잃은 게지. 듣기론 지금도 조선에서 억울하게 도망친 사람들이 이곳을 찾는다고 하더군."

"으음, 그런 사연이……."

"여전히 조선말을 구사하긴 하지만 그래도 중국어가 많이 섞여 있어. 아마 자네가 듣기엔 조금 어색할 수도 있겠지만 아예 못 알아들을 정도는 아닐 걸세."

천태가 소개한 도망자의 마을 '백가마을'은 조선뿐만 아니라 전국시대의 일본에서도 난민이 찾아오고 있었다.

한반도나 중국, 일본 모두 다 혼란한 시기였기 때문에 억압과 수탈을 피해 이곳 치외법권으로 도망을 치는 것이었다.

천태가 주막으로 들어서자, 나이가 지긋한 주모가 그를 반겼다.

"으잉? 천태 씨 아니야?"

"주모, 오랜만이군."

"당신은 어째 늙을 생각을 안 하는구먼?"

"나야 뭐 항상 그렇지. 그나저나 자네도 그 미모는 어디 안

가는군."

"…무슨 소리야? 쭈글쭈글 늙어서 뒷방에서 술이나 담그고 있는 처지인데."

"아니야. 이 나이에 그 정도면 봐줄 만한 것 아닌가?"

"또 헛소리네."

실제로 주모는 일흔이라는 나이가 무색할 정도로 중후한 미모를 뽐내고 있었다.

그녀는 익숙한 듯 그를 안으로 들였다.

"뭐, 아무튼 들어오세요. 요즘 하도 외구가 설쳐대서 변변한 반찬이 없는데, 뭘 대접해야 할지 모르겠네."

"자네 돼지국밥은 50년 전이나 지금이나 최고겠지?"

"…그것도 돼지가 있어야 말이지, 지금은 돼지 뼈다귀도 구하기 힘들어요."

"으음, 그렇군."

일본의 왜구 때문에 고려가 망했다는 설이 있을 정도로 그들의 약탈 수준은 도를 지나치고 있었다.

조선은 물론이고 명나라까지 골머리를 앓고 있었으니, 이곳에 돼지고기의 씨가 말랐다는 것도 무리는 아니었다.

천태는 잠시 이곳에 짐을 풀고 돼지국밥을 먹으며 든든히 배를 채우기로 했다.

"내가 산비탈에서 멧돼지 한 마리 잡아오면 국밥을 말아줄 수 있겠나?"

"그렇다면 국밥이 문제겠어요? 아주 동네잔치를 하지."

"좋아, 그렇다면 내가 지금 당장……."

태하는 천태를 만류하였다.

"사냥은 제가 다녀오겠습니다."

"형님이 가시면 저도 갑니다."

바늘이 가는데 실이 가지 않을 리가 만무한 법, 태하가 간다고 하니 사마위현이 따르겠다고 나섰다.

천태는 혼쾌히 고개를 끄덕였다.

"그렇다면 두 의형제가 다녀오시게."

"잠깐, 저도 함께 가겠습니다."

"초 단주 자네도 함께 갈 텐가?"

"돼지 사냥에는 명사수가 필요한 법이지요."

천태의 호위로 따라온 명화방주 호위단주 초지국이 태하와 사마위현을 따르기로 했다.

이렇게 세 사람이 떠나니 아마도 뭔가 대단한 물건을 건져 올 수 있을 터였다.

"아주 온 동네가 며칠 동안 배가 터지도록 먹을 수 있겠군."

"어르신, 달구지 하나만 빌려주시지요."

"뭐, 그러세."

주모는 기꺼이 주막에서 키우던 야크 한 쌍을 내주었다.

"영리한 놈들이니 위험이 닥치면 알아서 대처할 것일세."

"예, 어르신."

세 사람은 야크 달구지를 끌고 산등성이로 향했다.

*   *   *

마을 주변은 전부 깎아지른 듯한 산비탈이었고, 그 산등성이에도 먹을 만한 과실이 그리 많지 않았다.

하지만 마른 풀이나 먹을 만한 나무껍질이 꽤 많아서 멧돼지가 살 것도 같았다.

태하는 발목까지 푹푹 빠지는 낙엽을 헤치며 돼지의 흔적을 찾았다.

그는 바닥에서 도토리를 주워 들었다.

"도토리가 있다는 것은 멧돼지가 도처에 도사리고 있다는 증거야."

"으음, 멧돼지가 도토리를 좋아합니까?"

"가을 산에 떨어져 있는 도토리는 원래 멧돼지의 주식이야. 아마 이 정도 양이라면 분명 멧돼지가 있을 터이니 한번 잘 찾아보자고."

초지국은 태하의 지식에 슬쩍 관심을 보였다.

"산에 대해서 잘 아시는 모양이오?"

"그냥 어디서 주워들은 겁니다. 뭐 그리 대단한 것도 아니고요."

"으음, 그래도 사냥의 기술은 살아가는 데 꽤나 유용한 것이니 대수롭지 않아도 무시할 수는 없소."

세 사람이 두런두런 얘기를 나누고 있는 사이, 주변에서 기척이 느껴졌다.

사브락!

"뭔가 있군."

"잠깐, 가만히 계시오."

초지국이 170㎝에 달하는 롱보우의 활시위를 당겼다.

꽈드드득!

태하는 그의 완력에 감탄하였다.

'완력이 대단한데? 롱보우를 발에 걸치지 않고 그대로 당겨서 사용하다니……'

활의 크기가 사람만 한 롱보우는 활시위가 단단하고 활이 거대하여 활을 든 채로 장전하는 것이 거의 불가능했다.

중세 시대의 궁수들은 장궁을 바닥에 발을 붙이고 복사뼈나 발바닥 안쪽에 활을 대고 시위를 당겨 장전하였다.

그만큼 당기기 힘든 롱보우이지만 사정거리가 무려 400미터나 되고 파괴력이 좋아서 공성전에선 없어선 안 될 무기로 손꼽혔다.

만약 이런 롱보우를 있는 그대로 당겨서 빠르게 사격한다면 가공할 만한 무기가 될 것이다.

초지국이 활시위를 당기고 조준하는 데 걸리는 시간은 불과 3초. 아마 소형 활 무기를 사용하는 궁수와 싸워도 절대 밀리지 않을 터였다.

더군다나 초지국의 롱보우의 양쪽에는 칼날이 달려 있고 활의 양쪽 끝에는 강철이 덧대져 있어 무게가 일반적인 활의 몇 배는 족히 될 것이다.

그러나 초지국은 그것을 아무렇지도 않게 당겨서 사격하였다.

피융!

그는 표적을 보자마자 한 치의 오차도 없이 활을 당겨 명중시켰다.

퍼억!

한데 활에 맞은 목표물은 그들이 원하는 물건이 아니었다.

크르르르릉!

"범?"

"이런, 멧돼지를 잡는다는 것이 호랑이를 잡아버렸군."

일행은 그제야 이 마을에 고기가 없는 이유를 알 것 같았다.

"아무리 고기를 수급하는 수단이 주로 교역이라고 해도 마을에 고기가 없다는 것은 말도 안 되는 일이지."

"맞습니다. 아무래도 범이 판치고 다니는 바람에 멧돼지의 개체 수가 줄어든 모양입니다."

초지국은 강철로 만들어진 화살촉으로 다시 한 번 범의 머리를 꿰뚫어 버렸다.

푸하아아악!

그는 씁쓸한 표정으로 말했다.

"쩝, 아무래도 먹을 만한 고기를 얻자면 꽤 멀리 나가야 할 모양이군. 어찌하면 좋겠소?"

"그렇다면 셋이 흩어져서 찾아봅시다."

"좋습니다."

초지국은 두 사람에게 흥미로운 제안을 했다.

"우리 연배도 비슷한데 사냥감을 많이 모아오는 사람을 큰형님으로 모시는 것이 어떻겠소?"

"하지만 우리 두 사람은 이미 의형제인데 말입니다."

"셋이서 형제의 결의를 맺는다면 이전의 결의는 바뀔 수도 있는 것 아니오?"

사마위현이 고개를 내저었다.

"그런 족보 꼬이는 짓을 왜 하겠습니까? 저는 싫습니다."

"사마 책사, 한번 생각해 보시오. 내가 왜 이런 행동을 하는지 말이오."

"……?"

"김태하 선생의 사람 된 그릇은 내 이미 눈으로 직접 보아서 잘 알고 있소. 나 역시 그를 흠모하던 차에 기회가 생겨 형제의 의를 맺고자 하는 것이오. 한데 나이가 엇비슷하고 사마 선생이 중간에 끼어 있어서 의형제를 맺기 껄끄러워 그런 것이외다."

"으음."

"형제의 의를 맺는데 누가 형이고 아우인들 어떠하겠소? 형이 동생을 흠모하지 말라는 법도 있소?"

"그렇게 말씀하시니 제가 할 말이 없군요."

"위현, 초 단주의 말을 듣자고. 나도 초 단주의 무위에 대해서 익히 들었습니다. 방주님이 가장 신뢰하는 무사라 들었는데, 그렇다면 그만한 이유가 있다고 생각합니다."

"뭐, 그건 그렇지요."

태하는 그의 제안을 받아들이기로 했다.

"좋습니다. 그럼 오늘 사냥에서 이기는 사람이 세 사람 중 맏형이 되는 겁니다."

"그럼 막내는 누가 합니까?"

"사냥감이 가장 적은 사람이 막내가 되는 것으로 하지."

"알겠습니다. 그럼 그렇게 하시죠."

초지국은 사냥의 내기에서 한 가지 제한을 걸었다.

"다 좋은데 한 가지 제한을 겁시다."

"제한?"

"우리 세 사람 중 한 명이 형 노릇 하기 싫어서 사냥을 포기하면 곤란하니 최선을 다하기로 합시다."

사마위현은 실소를 흘렸다.

"그런 좀생이는 형제로 받아들일 가치도 없으니 적어도 우리 세 사람 중에선 그런 사람이 없겠지요."

"하하, 그건 그렇군."

"자, 그럼 떠납시다!"

태하가 사냥의 시작을 외치자 세 사람은 누가 먼저랄 것도 없이 산비탈로 달려 나갔다.

＊　　　＊　　　＊

그날 오후, 이제 슬슬 일과를 마무리하고 저녁 먹을 준비를 하는 시간이다.

천태는 세 사람이 사냥을 나간 사이 주모와 술을 한잔 나누어 마시고 있었다.

꿀꺽꿀꺽!

"크흠, 술맛이 아주 예술이군!"

"그렇게 안 생긴 양반이 막걸리는 참 좋아한단 말이야."

"자네가 만든 술이 꿀맛이라 그래."

"하여간 사람 홀리는 재주는 아직도 여전하시구려."

"사람이 그리 쉽게 변하던가?"

주모가 막 스물이 되던 해, 그러니까 지금으로부터 50년 전에 천태는 이곳을 처음 찾아왔다.

그때의 천태는 슬하에 자식들이 있는 상태였지만 3년간이나 도망자 생활을 하던 터라 심신이 많이 지친 상태였다.

제아무리 생불이라고 해도 3년 동안 혈기 왕성한 몸을 막 굴리다 보면 정신이 반쯤 나가게 마련이다.

그는 꽤나 곱던 주모를 보자마자 하룻밤을 보내자고 살살 꾀어내었다.

천태의 외모는 예나 지금이나 상당히 수려했기 때문에 주모는 단숨에 꼬임에 넘어가 하룻밤을 보내고 말았다.

처음엔 그냥 지나가는 인연이었지만 시일이 지나자 천태가 이곳을 자주 찾아오게 되면서 두 사람은 내연의 관계로 발전하였다.

하지만 각자 배우자를 맞이하면서 관계가 끊어졌고, 아슬아슬한 눈빛만 주고받는 사이가 되고 말았다.

천태는 주모의 어깨에 손을 척 올렸다.

"그동안 외롭지 않던가?"

"외로웠지요. 마흔에 남편이 세상을 떠나고 나서 혼자 남았는데 적적하지 않겠어요?"

"그렇군."

"그러는 당신은?"

"이 나이에 무공도 익히지 않은 아내가 살아 있다면 기적이
겠지."

"동병상련이군요."

히우네는 두 사람의 관계가 언뜻 이해가 되지 않았다.

"제가 머리가 나빠서 그런지 두 분이 무슨 관계인지 잘 모
르겠네요."

"아아, 하긴 자네처럼 어린 아가씨가 뭘 알겠어? 하지만 내
나이쯤 되면 이해하게 될 거야. 이 세상에 스치는 인연 하나
없는 사람은 드물다는 것을 말이야."

"⋯⋯?"

여전히 고개를 가로젓는 히우네다.

주모는 그런 그녀를 뒤로한 채 천태의 잔을 다시 채우면서
물었다.

"그나저나 당신처럼 부지런한 사람이 왜 젊은 사람들만 사
냥에 보내는 건가요?"

"초 단주의 눈치가 두 의형제 사이에 끼고 싶어하는 눈치더
라고. 그래서 일부러 돼지국밥 얘기를 꺼낸 거야. 내가 이 야
산에 도토리가 넘쳐나는데 굳이 왜 돼지국밥을 먹고 싶다고

했겠어?"

"하긴, 당신은 술만 퍼마실 줄 아는 술고래였지요."

"후후, 그건 그렇지."

천태는 주모에게 자신에게 있는 병에 대해서 설명하였다.

"이봐, 주모. 그건 그렇고, 내가 말이야, 머리에 암 덩어리가 생겼다는데 어떻게 생각해?"

"뭐, 뭐가 생겨요?"

"암 덩어리 말이야."

그는 자신의 머리에 난 혹을 보여주며 말했다.

"이것이 아마 뇌수를 압박하고 있어서 머리가 아픈 건가 봐."

"……."

"의술을 하는 양반의 말에 따르자면 남은 날이 그리 많지 않다는군."

"나에게 그런 소리를 하는 저의가 뭐예요?"

"그냥… 내가 떠날 자리를 정리하는 것이라고나 할까?"

"…정말 악취미가 있는 남자라니까."

"후후, 그게 내 매력 아닌가?"

주모는 슬그머니 자리에서 일어섰다.

"이제 밥이나 좀 앉혀야지."

그녀가 자리에서 일어서자 히우네가 안쓰러운 표정을 지

었다.

"주모 할머니의 표정이 좀……."

"놓아두게. 어차피 내가 죽으면 그 소식을 들을 거야. 이 마을의 소문은 생각보다 빠르거든."

"으음."

"그때 슬퍼하는 것보다는 내가 말해놓고 듣는 것이 덜 충격적이지 않겠어?"

"그건 그렇군요."

주막에 잠깐의 정적이 흐르던 바로 그때, 어디선가 나무가 바닥에 질질 끌리는 소리가 들려왔다.

드륵, 드륵.

"으음? 이게 무슨 소리지?"

천태와 히우네가 자리에서 일어나 주막의 입구 쪽을 바라보니 웬 산더미가 앞으로 걸어오고 있었다.

두 사람은 고개를 갸웃거렸다.

"저게 뭐지? 산이 움직이는……."

"아, 아니다. 저건 짐승이야."

"지, 짐승이요?"

잠시 후, 세 사람은 주막보다 더 큰 짐승 더미를 마당에 내려놓았다.

쿠웅!

"후우, 허리 부러지는 줄 알았네!"

"이, 이게 다 뭐야? 왜 이렇게 사냥을 많이 해왔나?"

"인근에 사냥감이 없어서 저 멀리 남의 산까지 다녀왔습니다. 그런데 사냥감이 워낙에 많아 잡히는 대로 그냥 다 수렵했지요."

"아주 야산의 씨를 말려 버렸군."

잠시 후, 주모가 장독대가 있는 뒷마당으로 가려다 짐승 더미를 보곤 화들짝 놀라 소리쳤다.

"에구머니나! 이게 다 뭐야?!"

"남의 산에서 잡아온 겁니다. 육포를 만들거나 염장을 하면 꽤 오래 먹을 수 있을 테지요."

"그, 그렇다고 해도 이건 너무 많은데?"

태하는 멋쩍게 웃었다.

"사실은 저희 셋이서 사냥으로 내기를 했습니다. 이기는 사람이 의형제의 맏형이 되기로 말입니다."

"허허, 그랬군. 어쩐지 이건 많아도 너무 많다고 했어."

천태는 흥미롭다는 듯이 웃었다.

"그래, 누가 이겼나?"

"김태하 대협이 큰형입니다. 사마위현이 막내고요."

"허허, 내 그럴 줄 알았어. 어쩐지 분위기가 그렇더군."

"뭐, 저는 막내라도 큰 문제는 없다고 생각합니다. 두 사람 모두 제가 흠모하는 사람이니 말입니다."

"그래, 의형제는 그런 것일세."

천태는 산더미처럼 쌓인 짐승들을 마을에 골고루 나누어주고 남은 고기로 잔치를 벌이기로 했다.

"세 사람이 의형제 결의를 맺었으니 잔치를 벌여야 하지 않겠나? 주모, 어때?"

"뭐, 그럽시다."

조금은 뜬금없는 내기이긴 하지만 사고뭉치 무사들 덕분에 마을은 오랜만에 포식을 하게 생겼다.

*　　　　*　　　　*

잔치가 끝난 후, 천태가 마을을 떠날 채비를 차리고 있다.

마을에서 받은 육포와 말린 약초 등을 봇짐에 끼워 넣고 길을 떠나려는 천태에게 주모가 다가왔다.

"…또 떠나시려고요?"

"내 인생이 그렇지, 뭐."

"죽을 날이 얼마 남지 않았다면서 또 길을 떠나신다니 내 마음이 편치 않네요."

천태는 가볍게 미소를 머금었다.

"이 할망구, 나이를 먹더니 꽤나 감성적으로 변했군."

"난 원래부터 감성적이었어요. 당신이 몰랐을 뿐이지."

"으음, 그랬던가?"

부하나 자식들 앞에선 한없이 묵직하고 덤덤한 성격으로 보이던 천태이지만 그는 아주 유쾌하고 넉넉한 사람이었다.

그는 자신을 걱정하는 주모에게 한마디 했다.

"주아, 자네와 내가 알고 지낸 지가 벌써 50년이야. 그 세월이 흘러가는 동안 우리는 각자의 길을 걸으면서 살아왔지. 이제 그 종지부를 찍을 차례야. 만약 내가 길에서 객사를 한다고 해도 그건 내 운명일 뿐, 자네가 죄책감을 갖거나 마음 아파해야 할 일은 아니야. 그러니 마음 편히 지내."

"무심한 양반 같으니."

주아, 주모는 자신의 이름을 몇십 년 만에 처음으로 불러준 천태에게 또 다음을 기약했다.

"이 늙은 주모가 어디서 또 당신과 같은 할아범을 만나겠어요. 그러니 다음에 다시 이곳으로 찾아와 내 이름을 불러줘요."

"허허, 내가 과연 그때까지 살아 있을까?"

"만약 죽었다면 저승에서 다시 만나겠지만 죽기 전에 이곳을 지나갈 일이 있다면 나를 한 번만이라도 만나줘요."

지금까지 단 한 번도 그녀는 천태를 붙잡은 적이 없었는데 그것은 서로가 각자 갈 길을 묵묵히 걸어가야 하기 때문이다.

그녀는 이제 천태나 자신이나 황혼에 접어들어 저승길을 함께 갈 동무를 찾아야 한다고 생각했다.

"죽더라도 같이 죽어요. 혼자서 떠나는 것은 너무 외롭잖아요?"

"뭐, 그럽시다. 나도 자네의 고운 피부를 만지작거리면서 죽는다면 더 이상 여한이 없겠어."

천태는 그녀의 손을 잡았다.

"그때까지 나를 기다려 줄 수 있겠나?"

"내 목숨이 허락한다면 얼마든지 기다릴 수 있어요."

"고맙네."

이제 천태는 잡은 손을 다시 놓았다.

"산 사람은 살아야 하는 법, 이젠 내 아들을 구하러 가야겠어."

"다녀오세요."

"그래."

그는 홀가분하게 발걸음을 뗐지만 눈동자 깊은 곳에 가라앉은 심연에선 일말의 아쉬움이 느껴지고 있었다.

애써 감추고는 있었지만 천하의 천태도 이젠 나이를 먹어 서운함이 무엇인지 깨닫게 된 것이다.

주막에서 한참이나 멀어진 후, 천태는 지금껏 참아온 깊은 한숨을 토해냈다.

"후우……!"

"씁쓸하십니까?"

"그렇지 않다면 거짓말이겠지."

천태는 실소를 흘렸다.

"난 말이지, 그 흔한 사춘기도 오지 않았고 갱년기도 없었어. 가문이 멸망했을 때를 빼곤 단 한 번도 감정의 기복을 느낀 적이 없었지. 만약 나에게 시간이 허락된다면 저 할망구 옆에서 편안하게 죽고 싶어."

"반드시 그렇게 될 겁니다. 저희 의형제들이 하늘에 간절히 빌겠습니다."

"후후, 말이라도 고맙네."

이제 다섯 명의 일행은 산을 내려가 북경으로 향했다.

5. 새로운 출발

　북경 서부의 관도를 지나 중심부까지 당도한 다섯 사람은 한 가족으로 위장하여 북쪽으로 올라갈 참이다.

　사마위현은 일행이 묵을 만한 객잔을 수소문하여 시가지의 구석에 있는 '목화장'이라는 객잔을 섭외하였다.

　목화장은 비단길을 오가는 영세 상인들이 사용하는 객잔인데, 겉모습은 허름하지만 시설은 그럭저럭 봐줄 만한 수준이었다.

　일행은 가족으로 위장하였기 때문에 방을 하나만 빌려서 묵기로 하였다.

방에 행낭을 푼 일행은 객잔의 식당으로 내려갔다.

땡땡땡!

객잔의 식탁에는 종이 하나씩 달려 있었는데, 이는 점소이를 부르기 위함이다.

키가 150㎝가량 되는 점소이가 아주 싹싹한 미소를 지으며 태하 일행을 향해 달려왔다.

"예, 손님! 무엇을 드릴깝쇼?!"

"주문을 좀 받으시오."

"무엇으로 드릴깝쇼?"

"오늘은 무엇이 맛있소?"

"돼지고기와 오리고기가 싱싱합니다요. 주인장이 산에서 막 따온 버섯들로 만든 볶음 요리도 괜찮고요."

"그렇다면 돼지고기 요리 두 접시, 오리고기 두 접시, 버섯 볶음 한 접시와 적당한 채소, 기력 회복에 좋은 탕, 그리고 영양가가 좋은 고기 몇 접시 내오시오."

"예, 알겠습니다! 고기 요리는 오늘 주방장이 자신 있는 것으로 준비하겠습니다요!"

"그래 주시오. 그리고 오실 때 소홍주 몇 병 가져다 주시구려."

"예, 손님!"

초지국은 정말 집안의 차남이라도 되는 양 아주 능수능란

하게 요리를 주문하였다. 덕분에 일행은 오늘 꽤 든든하게 식사를 할 수 있을 것으로 보였다.

가족으로 위장한 일행은 이제 각자에게 맞는 호칭과 존칭으로 대화를 이어나갈 것이다.

"아버님, 이곳에서 사막지대까지 간 이후엔 탈것을 바꾸어 가야겠지요?"

"사막지대에서 말을 팔고 낙타로 바꾼 이후 극지대까지 가면 낙타를 팔고 다시 말을 사서 가야지. 그러는 편이 우리에게 유리할 것이야."

"그렇군요."

천태는 오랜 도망자 생활로 인해 그 어떤 지역으로 가든 그곳에 맞는 처세법을 숙지하고 있었다.

비록 도망자로 지내던 시절은 꽤 오래 지났지만 여전히 그의 몸에는 처세가 깊숙이 배어 있었다.

"사막지대를 지나기 전에 비적 떼를 만날 가능성이 있어. 소란을 일으키지 않으려면 은자를 적당히 주고 보내는 것이 좋아. 만약 그놈들을 만나도 주먹을 쓰지 말고 적당히 보내주라고."

"명심하겠습니다."

일행이 얘기를 나누고 있는 사이, 점소이가 다섯 개의 접시를 들고 나타났다.

"주문하신 요리가 일부 나왔습니다요! 나머지는 1각 내로 가져다 드리겠습니다요!"

"고맙소."

초지국은 점소이에게 은자를 한 냥 건넸다.

"받으시오. 남는 것은 가지시오."

"감사합니다요!"

"돈을 갖는 대신 필요한 것을 좀 구해다 주셔야겠소."

"말씀만 하십시오!"

은자 한 냥의 가격은 쌀 두 말, 그러니까 kg으로 따진다면 대략 180~190kg 전후가 될 것이다.

음식값을 다 치르고도 꽤 많이 남는 금액이니 점소이의 입장에서는 수지맞았다고 볼 수 있었다.

그는 수첩을 꺼내 들고 초지국의 말에 귀를 기울였다.

"튼튼한 말 다섯 필, 그리고 여행 동안에 먹을 수 있는 식량과, 노숙을 할 때 쓸 간이 천막을 좀 구해주시오. 돈은 충분히 지불하겠소."

"예, 알겠습니다요! 물건은 언제까지 필요하십니까요?"

"내일 정오까지 구해주시면 되오."

"기한을 딱 맞춰서 다녀오겠습니다요! 때마침 제 친구가 상인들을 상대로 잡화상을 운영하니 물건을 구하는 데는 어려움이 없을 겁니다요!"

"고맙소."

대륙 간의 교역에서 가장 좋은 화폐는 금과 은이다.

나라와 언어가 다르다곤 하지만 시장에서 금과 은을 통용하는 것은 기본이기 때문에 은화든 은자든 귀금속 덩어리만 있으면 거래는 가능했다.

명화방이 지금까지 전 세계를 누비면서 거래를 할 수 있었던 것도 바로 금과 은을 대량으로 수입할 수 있었기 때문이다.

아프리카의 질 좋고 싼 금을 대량으로 구매하고 그것을 아라비아로 옮겨 환전시키는 방식은 신의 한 수라고 할 수 있을 것이다.

초지국의 은자 한 냥에 점소이는 간이라도 빼어줄 것처럼 실실거리며 돌아섰고, 일행은 아주 맛있는 저녁을 먹을 수 있었다.

*   *   *

슬슬 땅거미가 내려앉은 북경의 저녁.

목화장으로 남궁세가의 무사 네 명이 들어섰다.

쿵!

"어이, 주인장!"

남궁세가 무사들의 등장에 목화장의 주인이 쪼르르 달려와 허리를 굽실거린렸다.

"예, 대협! 오셨습니까?"

"여기 소홍주 한 병하고 송아지 반 마리 잡아와. 오늘은 좀 마셔야겠어."

"알겠습니다! 당장 대령합지요!"

마치 나라님이라도 온 양 굽실거린 주인장이 돌아섰고, 남궁세가 무사들은 허리띠까지 풀어놓고 대작을 시작하였다.

소홍주가 도착하자마자 술을 물처럼 들이켠 무사들은 호탕하게 껄껄거리며 담소를 나누었다.

"마셔, 마셔!"

"와하하하!"

실컷 떠들면서 술을 마시던 무사들의 앞에 송아지 반 마리를 통째로 구운 요리가 차려져 나왔다.

무사들은 단도를 꺼내어 그것을 양껏 떼어내 입으로 가져갔다.

"쩝쩝……."

그런데 음식을 먹은 그들의 표정이 썩 좋지가 못한 것 같다.

"…뭐야? 맛이 왜 이래?"

"무, 무슨 문제라도……."

"송아지에서 냄새가 나는데?"

"내, 냄새요?"

"한번 맡아봐. 냄새가 나는지 안 나는지."

"그, 그럴 리가……."

주인장이 소고기의 냄새를 맡고 먹다 남은 살점을 한 점 베어 물었다. 하지만 그는 이상한 점을 느끼지 못한 것 같았다.

"소인의 입에는 그럭저럭 먹어줄 만한……."

"어이, 주인장. 정신이 나갔어? 우리가 누구야? 남궁세가 무사들이야. 황제가 먹는 것은 아니더라도 이런 쓰레기 고기를 도대체 어떻게 처먹으라는 거지? 우리를 무시하는 건가?"

"죄, 죄송합니다요! 지금 당장 요리를 다시 해오겠습니다!"

"내 입으로 들어간 이 고기는 어쩔 거야? 이미 입맛을 버렸으니 벌을 받아야 하지 않겠어?"

"벌이라면……."

무사들은 그의 앞에 거대한 송아지 고기를 올려놓았다.

쿵!

"먹어."

"주신다면 당연히……."

"아니, 다 먹어. 이 고기가 상에서 없어진다면 우리는 네 목을 치지 않겠다. 그러나 만약 네가 이 고기를 다 처먹지 못한다면 네 목숨은 무사하지 못할 것이다."

거의 성인 몸통만 한 이 고기를 한 사람이 다 먹는다는 것은 애초에 불가능한 일이다.

아마도 이들은 애초에 객잔을 불태우거나 주인장을 골려먹으려 작정을 한 모양이다.

여관 주인은 눈물을 머금고 고기를 한 입 씹어 삼켰다.

"쩝쩝……."

"어이, 그렇게 처먹어서 오늘 안에 고기를 다 먹을 수 있겠어? 자, 이렇게, 이렇게 처먹으라고!"

무사들은 주인장의 입에 고기를 욱여넣었고, 그는 목이 막혀 숨을 쉴 수 없을 때까지 입을 벌리고 있을 수밖에 없었다.

"컥, 컥!"

"크하하하! 이놈 표정 좀 보게? 이제 곧 오줌을 지릴 기세인데?"

"역시 자네의 머리는 비상해! 우리의 여흥거리를 이런 식으로 만들어주다니 말이야!"

남궁세가의 무사들이 이렇게까지 야단을 떨고 있음에도 불구하고 객잔의 그 어떤 사람도 쉽사리 나서는 이가 없었다.

사람들은 단골 가게의 주인장이 다 죽어가고 있다는 것을 잘 알고 있었으나 남궁세가에게 찍소리도 할 수 없었다.

지금 남궁세가는 황제에게 직접 벼슬을 받고 출세 가도에 올라 있기 때문에 명문 세가들조차 한 수 접어줄 정도의 권력을 손에 쥐고 있었다.

무소불위의 황제를 등에 업은 남궁세가를 건드릴 수 있는 세력은 아마 이 세상에 존재하지 않을 것이다.

"끄으으윽……."

남궁세가 무사들의 놀음질에 목이 막힌 주인장의 얼굴이 점점 시퍼렇게 물들어가고 있을 무렵, 어디선가 시원한 바람이 불어왔다.

휘이이이잉!

이 바람은 하나의 점으로 변하여 주인장의 혈도를 눌렀고, 그는 기침을 하며 목구멍을 막고 있던 고기를 토해냈다.

"쿨럭쿨럭!"

"…이 새끼가 감히 이 어르신들이 준 고기를 뱉어? 아가리가 찢어져야 정신을 차리지?"

스릉!

급기야 그들이 검을 빼 들었으나 주인장은 이미 혼절하여 정신을 차릴 수 없는 지경이었다.

관아에 신고를 할 수도 없고 그렇다고 가게의 주인을 구할 수도 없는 점소이들은 그저 마른침만 삼키고 있을 뿐이다.

"어, 어쩌지?"

"…조용히 하고 있어. 잘못했다가 도련님까지 다치면 우리는 뭘 먹고살아? 차라리 여기서 상황이 끝나기만을 기다리는 수밖에."

객잔이 하나 무너지면 그 아래에서 생활하고 있던 종업원들은 모두 밥벌이가 막막해지고 말 것이다.

허름하긴 해도 인심이 좋던 주인장이 객잔의 식구들을 아주 살뜰히 챙겨왔으니 그들에겐 이곳이 죽기 전까지 일해야 할 평생직장이나 다름없었다.

그렇지만 지금 이 일에 끼어들어 괜히 분란을 만들었다간 주인장의 아들까지 다칠 수 있으니 입을 꾹 다물고 있을 뿐이다.

점소이들은 물론이거니와 주변의 모든 상인까지 사색이 되어 상황을 지켜보고 있는 가운데 허리가 구부정한 한 노인이 나섰다.

"…이보시게들, 이제 그만 그를 놓아주시게나."

"뭐요? 할아범, 이 새끼 대신 죽고 싶어서 그래? 개인적으론 늙다리는 써는 맛이 없어서 별로인데?"

"사람을 죽이는 일은 옳은 일이 아니야. 차라리 이쯤에서 배상금을 받고 돌아가는 것은 어떠한가?"

"큭큭, 배상금이라? 황금 일만 냥을 준다면 돌아갈 의향이 있기는 하지."

"만 냥이라… 정말 황금 만 냥이면 돌아갈 생각이 있는가?"

"뭐, 좋아. 만 냥을 준다면 이쯤에서 아주 조용히 돌아가겠다."

노인은 품속에서 사람 주먹만 한 금강석을 하나 꺼내어 내밀었다.

"자, 이 정도면 되겠나?"

"……!"

순간, 무사들의 눈동자가 터질 듯이 부풀어 올랐다.

"지, 진짜 금강석인가?!"

"아무리 자네들이 장사치가 아니라곤 해도 이 정도 물건을 알아볼 안목은 있다고 생각하네. 아닌가?"

무사들은 주변의 상인 중에서 한 사람을 잡아다 금강석을 감정하도록 했다.

"어이, 거기 너! 비단길을 자주 오갔지?"

"예, 그렇습니다."

"감정을 해봐."

약간 푸른빛이 감도는 금강석을 받은 상인은 감탄을 연발하였다.

"…최상품, 극최상품의 청금강석입니다! 이 정도면 이 객잔이 문제가 아니고 고래 등 같은 넓은 저택 몇 채는 너끈히 장만할 겁니다!"

"오호라! 정말 그러한가?"

"예!"

무사들은 재빨리 금강석을 빼앗아 품속에 갈무리하였다.

"하하, 말이 통하는 노인이군!"

"말이 통했다면 다행이군. 내가 늙어 힘이 없으니 말귀를 잘 못 알아듣거든."

"뭐, 그런 것치고는 꽤 말이 잘 통하는데? 마음에 들었어. 노인장의 이름이 뭐야?"

"나는 이름을 잊은 지 오래일세. 그냥 태 씨라고만 알아주게."

"알겠어, 태 노인. 이 금강석은 이 몸이 아주 요긴하게 써주겠어. 어이, 다들 가자고!"

"그래!"

남궁세가의 무사들이 떠나고 난 후 가까스로 정신을 차린 주인장이 노인에게 넙죽 절을 했다.

"아이고, 어르신! 소인의 목숨을 구해주셔서 감사드립니다! 이 은혜를 도대체 어떻게 갚아야 할지……."

"사람의 목숨이 중요하지 그깟 돌덩이 하나가 중요하겠나? 목숨을 건졌으니 더욱 성실히 살아가게. 듣자 하니 주변에서 평판도 꽤나 좋던데 말이야."

"감사합니다! 정말 감사합니다! 만약 허락해 주신다면 평생 두고두고 돈을 갚아나가겠습니다!"

"허허, 그럴 필요 없네. 곧 죽을 노인네가 무슨 보상을 바라고 그랬겠나? 그냥 덤으로 얻은 목숨이라 생각하고 잘 살아가게."

"예, 어르신!"

상인들은 노인에게 박수를 보냈다.

짝짝짝짝!

"대단하십니다! 존경합니다!"

"아니외다. 다들 앉아서 밥이나 먹읍시다."

노인이 자리에 앉자마자 주인장은 아끼고 아끼던 귀한 술과 음식들을 가지고 나와 상다리가 부러지게 차려냈다.

주인장은 여전히 허리를 굽실거리며 노인에게 인사를 했다.

"목숨을 구해주셨으니 대접이라도 좀 하게 해주십시오!"

"허허, 고맙네. 하지만 차린 것이 워낙 많으니 주변 사람들과 함께 먹어도 되겠나?"

"물론이지요!"

"자, 다들 어서 오시오! 같이 드십시다!"

"이야, 이게 무슨 호사야! 잘 먹겠습니다!"

"많이들 드시오."

목화장에 한바탕 난리가 나긴 했지만 노인 덕분에 훈훈하게 마무리되었다.

*　　　　*　　　　*

다음 날, 북경 장안에는 청금강석의 존재로 인해 한바탕 난리가 나 있었다.

황금 일만 냥의 가치에 버금가는 이 엄청난 물건을 생면부지 남을 위해 사용했다는 것은 백성들의 심금을 울리기에 충분했기 때문이다.

사람들은 남궁세가의 악독한 처사에 치를 떨며 남궁세가의 장원에 침을 뱉고 욕을 해댔다.

"캬악, 퉤! 에잇, 더러운 자식들! 너희들이 그러고도 사람이냐!"

"맞다! 에라, 이거나 먹어라!"

침을 뱉는 것으로도 모자라 담벼락에 오줌을 시원하게 내갈긴 한 청년은 장원의 담이 무너져라 외쳤다.

"오줌을 맞아 죽어도 시원찮을 놈들! 똥물에 튀겨 죽여도 모자랄 놈들!"

"맞다! 저런 미친놈에게 관직을 준 황제도 제정신이 아니다! 차라리 봉기를 하는 것이 낫지!"

남궁세가를 지키는 호위 무사들이 그들을 향해 검을 뽑아 들었다.

챙!

"이놈들, 거시기를 잘라주어야 꺼지겠느냐?!"

"아이고, 이놈들이 또 사람을 잡으려 하네! 이보시오! 여기 사람 죽소!"

청년들이 소리를 지르자 주변에 있던 상인들과 행인들이 구름처럼 몰려와 돌팔매질을 시작하였다.

퍽퍽퍽!

"빌어먹을 놈들 같으니! 하늘이 무섭지도 않느냐?!"

"오냐, 우리를 다 죽여라! 너희들 횡포에 당하는 것도 하루 이틀이지, 이렇게는 못 살겠다!"

"죽여라, 죽여!"

처음엔 두 명, 그다음엔 20명, 그다음엔 200명, 지금은 무려 천 명 남짓한 사람들이 몰려들어 돌팔매질을 해대고 있었다.

아마 이대로 10분만 지나면 남궁세가는 돌무덤이 될 판이다.

잠시 후, 남궁세가의 문이 열리며 가주 남궁정윤이 모습을 드러냈다.

"이보시오, 다들 돌팔매질을 멈추시오!"

"대형이다! 서민들의 피고름을 짜먹는 놈들의 수장이 나타났다!"

남궁정윤은 대형의 칭호와 함께 조정의 감찰 기관인 도찰원을 총괄하는 정2품 좌도어사의 관직을 얻었다.

황제의 총애를 받는 대형임과 동시에 도찰원의 우두머리이기 때문에 남궁정윤은 거물 중의 거물이라 할 수 있었다.

하나 그런 거물이라고 할지라도 백성들의 지탄을 받고 나면 황제의 눈 밖에 나는 것은 시간문제였다.

남궁정윤은 백성들 앞에 무릎을 꿇었다.

쿵!

"좋소! 나에게 돌을 던지시오! 내가 집안을 다스리지 못한 탓이니 몰매를 치겠다면 달게 맞겠소!"

"옳다구나! 좋아, 저놈을 매우 칩시다!"

"와아아아아아!"

백성들은 남궁정윤에게 돌을 던졌고, 그는 날아오는 돌을 피하지 않고 그대로 앉아 다 맞아주었다.

퍽퍽퍽퍽!

사방으로 피가 튀고 살점이 날아다녔고, 그의 몰골은 점점 피범벅으로 변해갔다.

황제의 최측근이 이렇게 돌을 맞고 있으니 관군들이 가만 있을 리 없었다.

땡땡땡땡!

관군들은 멀찌감치 떨어진 곳에서부터 징을 치면서 달려와 백성들을 압박하였다.

"이놈들, 대형께 돌을 던지는 자, 극형으로 다스릴 것이다!"

"흥! 이제는 군사들까지 동원하는 것인가?! 참으로 뻔뻔한 놈이군! 우리가 낸 세금으로 우리를 때려죽이려 하다니, 저 병사들의 녹봉은 모두 우리의 주머니에서 나온 것이 아닌가?!"

"시끄럽다! 모두 다 잡아들여라!"

"예!"

관군이 백성들을 억압하려 하자 남궁정윤이 자리에서 일어나 외쳤다.

"그만! 그만하여라!"

"대, 대형?"

"저들은 아무런 잘못이 없다. 나라의 근간이 백성이거늘 어찌하여 백성을 타박하려 드는 것이냐?"

"하지만 나라의 법도가 지엄합니다. 죄를 지었으면 벌을 받아야 마땅한 일 아니겠습니까?"

그는 고개를 저었다.

"아니, 아니다. 나 역시 죄를 지었으니 죽어 마땅하다. 그러니 저들이 돌을 던져도 나는 할 말이 없다."

"대형, 그렇지만……."

"그만, 그만하여라."

돌팔매질을 실컷 두들겨 맞고도 백성들을 옹호하는 그의 모습에 사람들은 하나둘 흩어지기 시작했다.

"수박 겉만 핥는다고 해도 저 정도면 정신을 차린 모양이군."

"다들 돌아갑시다! 관군들이 우리를 때려죽이려고 하는데 이곳에 더 모여 있어봐야 뭘 어쩌겠습니까?!"

"맞소!"

백성들이 모두 다 돌아간 후 남궁정윤은 그 자리에 털썩 주저앉고 말았다.

"아아……!"

"대형!"

"됐다. 놓아라. 스스로 일어날 수 있다."

그는 자리에서 일어나 장원의 관리를 불러들였다.

"백 집사."

"예, 대형."

"우리 가문의 무사 중에서 청금강석을 받은 자들이 있나?"

"예, 그렇습니다."

"지금 그놈들은 어디에 있나?"

"안 그래도 논란이 가속될 것 같아서 창고에 가두어두었습니다."

"그렇군."

"지금 데리고 나올까요?"

"아니, 내가 가겠다."

그는 장원의 구석에 처박혀 있는 창고로 걸음을 옮겼다.

*　　　*　　　*

남궁세가의 장원 구석 창고 안.

이곳은 지금 피로 바닥이 물들어 도저히 눈을 뜨고 돌아다닐 수 없을 정도로 참혹했다.

세가의 무사들은 가주가 휘두르는 작은 단도에 몸이 긁혀 사방에서 피를 흘리고 있었다.

촤락!

"으, 으으윽!"

"…네놈들 때문에 우리 가문이 망할 뻔했다. 내가 어떻게 이 자리까지 올라왔는데 감히 가문의 얼굴에 먹칠을 해?"

"죄, 죄송합니다! 저희들은 그저……."

"권력은 손에 쥔 놈이 휘두르는 것이고 너희들은 그저 내가 기르는 개일 뿐이다. 주인이 잘났다고 개까지 설치고 다니면 그 집안이 제대로 돌아가겠나?"

"다시는 이런 일 없을 겁니다! 정말입니다!"

"그래, 반드시 그래야지. 만약 그렇게 되지 못한다면 네 가족과 지인들은 하나도 빠짐없이 죽을 때까지 고문을 당하다 세상을 하직하게 될 것이다."

지금까지 단 한 번도 웃는 모습을 보인 적이 없는 남궁정윤은 냉혈한으로 그 악명이 자자하였다.

그러나 장원 밖에선 단 한 번도 그런 광기를 보인 적이 없으니 사람들은 그가 올곧고 그릇이 넓은 사람으로만 알고 있었다.

남궁정윤은 네 명의 무사 중에서 가장 나이가 많은 사람의 턱을 손으로 잡고 벌렸다.

"입을 벌려라. 혀를 자를 것이다."

"사, 살려주십시오! 제, 제발……!"

우드드득!

"우우, 우우……!"

"움직이면 혀가 다 잘려서 기도를 타고 말려들어 갈 것이다. 황천길에서 헤엄치고 싶지 않으면 조용히 벌리고 있는 편이 좋아."

그는 억지로 벌린 입에서 혀를 뽑아 그 1/3 지점을 칼로 잘라 버렸다.

서걱!

"우우욱, 우우우우욱!"

"여봐라, 이놈의 주둥이에 천을 물려라! 잘못하면 피가 넘쳐 죽을 수도 있겠다!"

"예, 가주님!"

그는 직접 무사의 혀를 잘라낸 후 곧바로 남은 사람들을 심문하였다.

"자, 그럼 다시 시작하지. 그 청금강석은 누가 준 것이냐?"

"저, 저희들도 모릅니다. 그냥 태 노인이라고만……."

"태 노인?"

"자기의 입으로 직접 그렇게 말했습니다. 그러니 저희들은 성만 알고 이름은 모르는 것이지요."

"그렇다면 그놈이 어디로 간 것인지도 알 수가 없겠군."

"예, 그렇습니다. 다만 객잔의 여러 사람들이 그를 칭송했으니 아마도 가는 길목마다 꽤 많은 눈이 목격했겠지요."

"으음, 그렇겠군."

"저희들에게 기회를 주신다면 그놈을 잡아다 아주 물고를 내겠습니다!"

노인의 청금강석 하나에 민심을 잃어버린 남궁정윤은 그를 잡는 데 전력을 다하기로 굳게 마음먹었다.

그는 칼을 뽑아 들었다.

스릉!

"이놈들, 다시 한 번 실수를 했다간 목덜미가 몸통에서 떨어져 나가는 경험을 하게 될 것이다! 알겠느냐?"

"예, 가주님!"

그는 당문의 살수들을 동원하여 노인을 잡기로 했다.

"집사."

"예, 가주님."

"지금 당장 당문의 문주를 섭외하여 살수들을 동원토록 하라! 놈들을 최대한 빨리 잡아 족쳐야 한다!"

"알겠습니다."

다시 검을 갈무리한 남궁정윤의 눈빛이 날카롭게 빛났다.

＊　　　　＊　　　　＊

남궁정윤이 부하들을 족치고 있을 무렵, 세가의 지붕에는 남루한 차림의 거지 몇몇이 귀를 아래로 기울이고 있었다.

그중에서 특히나 상거지 꼴을 하고 있던 남자가 코를 킁킁거리며 말했다.

"킁킁, 저놈이 또 요상한 짓을 벌이려 하고 있군."

"우리 거지들을 몰아내어 정도무림맹을 조정의 허수아비로 만들더니 이제는 제 놈의 수족으로 부리려 하고 있군."

"뭐, 저놈의 농간에 놀아난 세월이 어디 한두 해던가?"

"그건 그렇긴 하지만……."

"어찌 되었든 간에 그 노인을 우리가 먼저 찾아야 해. 그렇지 않으면 개방의 미래는 없다."

"그래, 그래야지. 반드시 그래야지."

"가자!"

파밧!

거지들이 장원에서 내려와 담벼락을 넘자마자 남궁세가가 바쁘게 움직이기 시작했다.

무사들은 검과 화살을 챙겨 말에 올랐고, 사방으로 전서구가 날아가 어디론가 소식지를 전하고 있었다.

네 명의 거지는 그중 몇 마리를 낚아채 전서의 내용을 읽어 내려갔다.

전서의 내용은 의문의 노인을 잡으면 금강석을 포상으로 내린다는 공문이었고, 그것은 정도무림맹의 모든 세력에 전달될 예정이었다.

한마디로 그들은 노인의 목에 엄청난 양의 포상금을 내건 것이다.

"황금 일만 냥의 가치라… 그 꼬부랑탱이 영감이 순식간에 거물이 되어버렸군."

"그러게 말이야. 이 정도 현상금은 전범이나 정치범, 반군의 수장들에게나 붙는 것인데 말이지."

"어제까지만 해도 그냥 인심 좋은 미친 노인네에 불과했는데, 오늘부로 아주 유명 인사가 되어버렸군."

"누가 아니라는가."

"아무튼 빨리 움직이자. 그들이 북경을 빠져나갔다면 지금쯤 어디로 향하고 있을지 아무도 몰라."

"일단 객잔부터 들러서 상황을 알아보고 움직이자고."

"그래."

네 명의 거지는 누구보다 빠르게 객잔으로 향했다.

같은 시각, 네 명의 거지가 빠져나간 자리에 검은색 평복을 입은 여인 두 명이 납작 엎드린 채 눈을 굴리고 있다.

"거지들이 그 노인을 찾아다니는 것 같은데, 어쩐 일일까?"

"그야 모르지. 하지만 그 노인은 우리에게도 반드시 필요한 사람이야. 사라진 우리 하오문의 세력을 결집하려면 그 정도의 그릇은 꼭 필요하니까."

"듣자 하니 노인이 말과 식량을 샀다고 하던데 그들은 뭔가 좀 알고 있지 않을까?"

"그래, 청명루의 기생들에게 줄을 대어 한번 알아보자. 점소이들의 아랫도리를 살살 만져주면 아마 모르는 정보도 술술 나올 테지."

"좋아, 그럼 우리도 이제 좀 움직여 볼까?"

그녀들이 지붕에서 내려와 담벼락을 넘고 난 후엔 눈 깜짝할 새 옷이 바뀌어 있었다.

검은색 평복을 벗은 그녀들은 화려한 복색의 기생으로 탈바꿈하여 요염한 웃음을 흩뿌리고 있었다.

"언니, 어서 가자."

"그래, 월향아."

그녀들이 담벼락을 따라서 걷는데 무사들이 달려와 검을 들이댔다.

척!

"이곳에서 지금 뭐 하는 것이냐?"

"어머나!"

흠칫 놀란 표정을 지으며 서로 꼭 붙어서 손을 잡자 그 그림이 사내들의 마음을 사르르 녹이기에 충분했다.

무사들은 헛기침을 해대며 검을 갈무리하였다.

"험험, 미안하게 되었네. 그나저나 이 야심한 시각에 이곳에서 뭐하는 것인가?"

"밤바람이 하도 좋아서 마음이 살랑살랑 흔들리지 뭡니까? 그래서 밤마실을 나온 것이 이곳까지 오게 되었군요. 이런, 지금쯤이면 어머니와 동생들이 저희들을 찾을 겁니다. 이제 손님 받을 시간이 되었는데……."

"그래? 그럼 우리가 기루까지 데려다 주겠네."

"정말 그래도 될까요?"

"물론이지! 우리는 남궁세가의 무사들, 자네들과 같은 여인들을 보호하는 것은 하나의 의무라네."

"그럼 염치 불구하고 따르겠습니다."

그녀들은 남궁세가의 무사들과 한데 섞여 홍등가로 향했다.

6. 규합

　이른 아침, 태하는 중국 북부에 위치한 드넓은 황야 지대에 도달하였다.

　황야 지대 한복판에 위치한 작은 마을 '백석촌'에는 비단길을 건너는 상인들이 꽤 많이 거쳐 가는 것 같았다.

　태하는 백석촌의 유일한 객잔인 백석각에 말을 맡기고 이곳에서 하루 쉬었다 출발하기로 했다.

　이곳까지 오는 동안 산악 지대와 협곡을 꽤 많이 지나왔기 때문에 심신이 꽤나 고단해진 상태였다.

　백석촌은 네 개의 우물를 가진 오아시스로서 상인들에겐

없어선 안 될 소중한 장소였다.

비록 이곳이 황무지 한복판에 있기는 하지만 사방에서 몰려든 상인들이 팔고 간 물건들 덕분에 없는 것이 없었다.

작고 허름한 마을이긴 해도 객잔에선 꽤 푸짐한 요리를 맛보고 즐길 수 있었다.

아침부터 양고기로 든든히 배를 채운 태하는 마을의 시장으로 향했다.

그는 이곳에서 황야 지대를 헤치고 지나갈 수 있는 지도를 한 장 구해서 북쪽으로 향할 생각이다.

규모가 그리 크지는 않지만 이곳에서는 비단길을 지나는 아주 중요한 도구들이 전부 판매되고 있었던 것이다.

웅성, 웅성!

비록 좁은 거리이긴 하지만 수많은 상인들이 거쳐 가는 터라 꽤 북적이는 모습을 볼 수 있었다.

태하는 시장의 구석진 제지 상인을 찾아갔다.

"황야의 지도를 좀 구할 수 있습니까?"

"어디까지 가시는 길인데요?"

"북쪽 초원 지대를 지나 설원까지 갈 겁니다."

"꽤 긴 여정인 모양이군요."

"적당한 지도가 있을까요?"

"세세한 지형까지는 알 수 없지만 위치를 가늠할 수 있는

지도가 있습니다. 다만 지도를 몇 장 합쳐야 하기 때문에 중간중간 빈 부분이 있을 수도 있지요."

"괜찮습니다. 그 정도면 충분합니다."

태하는 이미 고비사막을 횡단한 경험이 있지만 북쪽으로 가는 길에 대해선 거의 문외한이나 다름없었다.

만약 그가 왔던 길로 되돌아가라면 충분히 가겠지만 처음 가보는 길은 반드시 지도가 필요했다.

더군다나 그는 사막에서 길을 잃으면 어찌 되는지 자다가도 벌떡 일어날 정도로 혹독하게 경험해 보았기 때문에 무슨 일이 있어도 지도를 확보해야겠다고 마음먹었다.

그는 상인이 건넨 20장의 지도를 받아 펼쳐보았다.

비단길을 지나는 상인들이 경험을 토대로 만들어낸 지도이기 때문에 지형지물에 대한 정보가 생각보다 많았다. 그러나 현대의 정밀한 지도에 비한다면 거의 약도 수준에 불과하였다.

"처음 이 지도를 접하는 사람에겐 다소 생소할 수도 있겠지만 나름대로 꽤 정확합니다. 길을 잃지 않고 찾아가는 데 꽤 많은 도움이 될 겁니다."

"그렇겠군요."

약도 수준의 지도지만 이 정도면 그래도 정처 없이 떠도는 것보단 훨씬 나을 것이다.

태하는 지도를 산 대가로 은자 열 냥을 지불하였다.

"이 정도면 되겠습니까?"

"금액이 좀 애매하군요. 혹시 더 필요하신 물건은 없습니까?"

"그렇다면 사막에서 유용하게 쓸 수 있는 물건이나 몇 개 주십시오."

"으음, 사막에서 유용하게 쓰일 물건이라……."

그는 창고를 뒤적거리더니 상자 하나를 건넸다.

"방위를 잡는 석판과 자침입니다. 이 정도만 있어도 사막에서 길을 잃는 일은 없을 겁니다."

"나침반?"

"아주 정확하지는 않습니다만, 그래도 북쪽과 남쪽을 헷갈릴 일은 없습니다."

비록 상태가 그리 좋아 보이지는 않았지만 그래도 이 정도 장비라면 사막에서 미아가 될 일은 없을 것으로 보였다.

그는 석판과 나침반을 챙겼다.

"예전에 사막에서 죽을 뻔한 적이 있었는데 꽤 유용하게 쓰이겠군요."

"잘 쓰십시오."

사실 태하가 사용하던 현대의 나침반이나 GPS 장치에 비한다면 지금의 나침반은 거의 주먹구구식이나 마찬가지였다.

대략적인 방위를 파악하긴 하지만 그 정확도가 다소 떨어져서 북쪽을 찾아가려면 다소 시행착오가 있을지도 모른다.

그러나 이러한 장비가 하나라도 있다는 것에 위안이 되어 마음이 다소 편안해지는 태하였다.

지도를 손에 넣은 태하가 돌아서려는데, 저 멀리서 한 무리의 모래 구름이 몰려오고 있다.

두구, 두구, 두구!

태하는 이것이 사막의 모래바람이 아니라 말발굽의 군집이 만들어낸 인위적인 소리임을 어렵지 않게 인지할 수 있었다.

상인은 재빨리 상점의 문을 닫았다.

"이크, 또 놈들이군!"

"놈들이요?"

"비적 떼 말입니다! 저놈들은 꼭 관군이 없을 때만 골라서 이렇게 약탈을 하러 온답니다! 젠장, 오늘도 피 좀 보겠군!"

"으음, 비적이라······."

"손님도 어서 피하십시오! 저와 함께 몸을 숨기시겠습니까?"

"고마운 말씀이십니다만, 저는 일행이 있어서요."

"뭐, 그럼 마음대로 하십시오! 난 이만 갑니다!"

쿵!

대충 인사를 건네고 가게의 문을 굳게 걸어 잠근 상인은 숨소리도 들리지 않도록 지하실로 대피하였다.

태하는 마을을 습격하는 저놈들의 정체가 궁금해졌다.

"예나 지금이나 미래나 사람 등 처먹는 놈들은 반드시 있게 마련이라니까."

그는 득달같이 달려오고 있는 비적 떼를 향해 보법을 밟았다.

파바바밧!

천마군영보를 극성으로 전개하여 날아간 태하는 비적들의 얼굴부터 확인해 보았다.

"이랴! 달려라!"

"와하하하! 우리 세상이다! 마음껏 약탈하고 강간해라!"

"크하하하하!"

호탕하게 웃으며 달려오는 비적들의 얼굴에는 웃음꽃이 가득 피어 있었다.

태하는 그 웃음꽃을 꺾어버리기 위해 장을 쳤다.

"마권장!"

퍼버버버버벙!

자연경에 이른 태하의 마권장은 연쇄 폭발을 일으키며 주변을 순식간에 불바다로 만들어 버렸다.

"끄아아아악!"

"부, 불이야! 하늘에서 불덩이가 떨어져 내렸다!"

"이런 빌어먹을! 갑자기 무슨 불덩이가 떨어져?! 혹시나 투석기를 쓰는 것인가?!"

"아, 아니야! 이건 투석기의 유황 항아리와는 달라!"

"제기랄! 그럼 도대체 뭐가 어떻게 된 건데?!"

태하는 혼란에 빠진 그들에게 천검진을 선사하였다.

"천검진, 검우진!"

스스스스스!

그의 손을 떠나간 천검진은 하늘 높이 올라가 검의 구름을 만들어냈다.

쿠르르르르룽!

잠시 후, 하늘을 가득 채우고 있던 천검진이 진기로 만들어진 검을 아래로 쏟아내기 시작했다.

촤좌좌좌좌!

마치 먹구름이 폭우를 쏟아내듯 떨어져 내리는 검기의 홍수로 인해 비적 떼는 속수무책으로 죽어나갔다.

태하는 검우진을 펼쳐놓고 비적 떼의 우두머리를 찾아다녔다.

번쩍!

산발적으로 검기의 뇌전까지 떨어뜨리는 검우진에서 살아남을 수 있는 사람은 그리 많지가 않았다.

그는 괴한들이 다 죽어버리기 전에 재빨리 비적들의 두목을 찾아냈다.

"이런 씨발, 이러다가 다 죽는다! 어서 다시 후퇴하자!"

"튀어! 어서 빨리!"

부하들과 함께 도망가는 그의 뒤를 쫓은 태하는 손을 뻗어 그의 목덜미를 틀어쥐었다.

"흡성대법!"

"커헉!"

자석에 쇳가루가 달라붙듯이 아주 손쉽게 그를 손아귀에 넣은 태하는 살며시 악력을 넣었다.

뚜두두둑!

"크허어억!"

"이놈, 감히 이곳이 어디라고 검을 들이댄 것이냐?"

"사, 살려주십시오!"

"그럴 수는 없다. 이곳에서 순순히 죽던지 나중에 피를 토하면서 고통스럽게 죽을지 결정해라."

"흑흑, 살려만 주십시오!"

태하는 이놈이 지금의 무리를 이끄는 것은 확실하지만 두목이 될 재목은 아니라고 생각했다.

"으음, 이상한 일이군. 아무리 비적이라고 해도 한 집단의 수장이 이렇게 허무하게 눈물을 보이지는 않을 텐데 말이야."

"마, 맞습니다! 저는 비적 떼의 두목이 아니라 그냥 작은 분파의 수장에 불과합니다! 정말입니다!"

"조직의 소두목이란 말인가?"

"예, 그렇습니다!"

태하는 고개를 돌려 바닥에 널브러진 말의 숫자를 세어보았다.

"적어도 100필은 되는 것 같은데, 그럼 네놈들의 본파는 얼마나 크다는 소리야?"

"대략 1,500명쯤 됩니다."

"으음, 그렇게 큰 비적 떼가 우르르 몰려다니면 민생이 꽤나 궁핍해지겠는데?"

"외람된 말씀입니다만……."

"사실이지?"

"…예, 그렇습니다."

제아무리 나라가 새로 선다고 해도 민생이 금세 구제가 되는 것은 아니다.

아마도 먹고살기 힘든 사람들이 마땅한 돈벌이를 찾지 못해서 전부 범죄자로 전향하는 모양이다.

'그래, 어느 시대나 힘겨움은 사람을 타락시키는 법이지.'

그는 목덜미를 틀어쥔 손을 놓아주었다.

"쿨럭쿨럭!"

"네놈이 앞으로 어떤 짓거리를 하고 다니는지 내 눈으로 똑똑히 지켜볼 것이다. 하니 다시 한 번 더 이런 일이 벌어진다면 그때는 각오하는 것이 좋을 것이다."

"가, 감사합니다! 감사합니다!"

"그만 썩 꺼져 버려!"

"예!"

생각 같아선 비적들을 모두 다 쓸어버리고 싶지만 그에겐 할 일이 남아 있었다.

'대의를 위해서 모른 척해야 하는 것도 있지.'

그는 다음 여행을 위해 행낭을 꾸리기 시작했다.

＊　　　＊　　　＊

중원의 허허벌판을 지배한다는 녹림권왕 두포의 산채로 피투성이가 된 부하들이 귀환하였다.

"쿨럭쿨럭!"

"…이게 도대체 어떻게 된 일이냐? 어째서 이 두포의 부하들이 이 모양 이 꼴이 된 것이냔 말이다!"

"그게……."

부하들은 우물쭈물 말을 집어삼켰지만 두포는 뭔가 대단한 것이 있다고 직감하였다.

"이 근방에서 우리 산채를 얕볼 수 있는 세력은 그리 많지가 않다. 더군다나 지금 국경 수비대는 자리에 있지도 않은데 도대체 누가 너희들을 이 지경으로 만들었단 말이냐?"

"…하늘에서 무슨 칼자루를 떨어뜨리는 놈입니다."

"칼자루?"

"칼이 비처럼 하늘에서 막 쏟아졌습니다. 저희들은 영문도 모른 채 죽어나가기 바빴지요."

그는 고개를 갸웃거렸다.

"그게 무슨 뚱딴지같은 소리냐? 하늘에서 칼이 떨어지다니?"

"믿기 힘든 일이었습니다만, 하늘에서 칼이 비처럼 떨어져 내려 부하들이 몰살당했습니다."

"그렇다면 어떤 무리가 칼을 활처럼 쏜다는 소리인가?"

"…아닙니다. 놈은 한 명이었습니다."

"뭐, 뭐라?"

두포는 지금 부하들이 머리가 어떻게 되어서 헛소리를 한다고 생각했다.

"머리를 다친 모양이군. 아무래도 지금 당장은 대화를 하기가 힘들겠어."

"아, 아닙니다! 정말입니다. 만약 머리를 다쳤다면 저만 헛것을 보아야지 왜 남은 두 놈도 같은 것을 보았겠습니까?"

"……."

지금까지 수많은 무인을 겪어왔다고 생각한 두포는 이 상황을 도무지 이해할 수가 없었다.

"도대체 어떤 무지막지한 놈이 칼로 비를 내릴 수 있단 말인가? 놈은 귀신인가? 그것도 아니면 정말 신이라도 된단 말인가?"

"…신입니다. 만약 무의 신이 있다면 바로 그놈일 겁니다."

두포는 머리가 지끈거린다는 듯이 관자놀이를 꾹꾹 눌렀다.

"후우, 이게 도대체 무슨 일인지, 원."

그는 일단 죽은 부하들의 복수를 해야겠다고 생각했다.

"비적들을 모아라. 다시 한 번 마을을 습격해야겠다."

"하, 하지만 그랬다간 우리 모두 다 죽을 수도 있습니다!"

"미친놈, 그게 말이 된다고 생각하느냐? 우리는 무려 1,500명의 인원이 운집한 최강의 비적이다. 주변의 산적들도 한 수 접고 나의 휘하로 들어왔지. 나는 녹림의 왕, 산적과 비적들의 왕이란 말이다. 그런데 나에게 그딴 소리를 지껄여?"

"죄송합니다, 두령! 하지만 모든 것이 다 사실입니다!"

그는 콧방귀를 뀌었다.

"흥! 개소리! 얘들아, 이놈이 하는 소리를 믿을 것이냐, 아니면 예정대로 마을을 습격할 것이냐?"

"습격입니다!"

"좋다, 그럼 산채에 있는 모든 식구는 무기를 챙겨라! 우리 왕가 산채가 얼마나 무서운 곳인지 제대로 알려주자!"

"와아아아!"

그저 신이 난 비적들과는 달리 생존자 세 명은 연신 불안한 듯 다리를 떨고 손톱을 물어뜯었다.

"으으, 으으으……."

"패잔병들은 필요 없다. 너희들은 산채나 지키고 있거라."

그는 1,500명의 부하를 이끌고 대규모 약탈을 감행하기로 하였다.

*　　　　　*　　　　　*

이른 아침, 백석촌에서 하루를 보낸 태하는 이제 슬슬 길을 떠날 준비를 서둘렀다.

"모래 폭풍이 불 때가 되었답니다. 어서 길을 재촉하지 않으면 며칠 동안 이곳에 머물러야 할지도 모릅니다."

"그래, 그럼 이제 슬슬 움직여야겠군."

태하가 얻어온 정보에 따라 일행은 말을 몰아 마을을 떠나기로 했다.

하지만 그들이 마을을 떠날 때에 맞춰 불청객이 찾아들었다.

두구, 두구, 두구!

태하는 눈살을 확 찌푸렸다.

"…비적 떼?"

"비적?"

"사실은 어제 비적들이 마을을 습격한다기에 대문 앞까지 찾아가서 놈들을 족쳐놓고 왔습니다."

"으음, 그런 일이 있었나?"

"놈들은 100명의 인원으로 약탈과 강간을 일삼으려 했지만 저에게 저지를 당하고 단 세 명만 살아서 돌아갔습니다. 천 명이 넘는 대인원이 상주한 산채라곤 하지만 무력으로선 절대로 이길 수 없다고 생각하면 더 이상의 범죄는 저지르지 않을 것이라 생각했습니다."

"하지만 저놈들은 정신을 못 차리고 보복을 하러 오고 있는 것이군."

"그렇다고 볼 수 있습니다."

"미친놈들이군. 오늘 이곳에서 초상을 치르고 싶어서 환장을 한 것이야."

무인이 아닌 어중이떠중이 비적들을 상대하는 일은 마치 건장한 성인 남성이 3세 아이들 천 명과 싸우는 것이나 다름없다.

그러니 태하와 천태가 전장으로 나간다면 저들은 단 5분도 되지 않아 몰살을 당하거나 겁을 먹고 퇴각하고 말 것이다.

천태는 잠시 말에서 내렸다.

"아무리 갈 길이 급하다고 해도 저렇게 대놓고 약탈을 자행하는데 모른 척할 수는 없지."

"처리를 하고 떠날 생각이십니까?"

"그게 무인 된 도리가 아니겠나?"

"알겠습니다. 그럼 깔끔하게 몰살시킨 후에 떠나시지요."

"그러자고."

태하는 자신의 내공으로 갈무리되어 있는 천검진을 발동시켰다.

스르르르릉, 챙!

천태는 태하가 가진 천검진을 바라보며 감회가 새롭다는 듯이 말했다.

"천검진이라… 구전으로만 듣던 것이 실제로 발현되니 신기하기 그지없군그래."

"감히 대선배님 앞에서 무공을 펼치게 되다니 부끄럽습니다."

"아닐세. 우리 사문의 비기를 직접 볼 수 있으니 내가 더 영광일세."

잠시 후 태하의 앞으로 적들이 득달같이 달려들기 시작했다.

두구, 두구, 두구!

"이랴! 저놈들을 모두 죽이고 마을을 약탈하라!"

"와아아아아아아!"

"죽고 싶다면 그 소원을 들어주어야지."

태하는 천검진을 땅속으로 깊이 쑤셔 넣었다.

"천검진, 흑사진!"

마치 검은색의 뱀처럼 흙 속에 숨어 있다가 튀어나와 적을 습격하는 흑사진은 지금과 같은 사막에선 가공할 만한 위력을 발휘한다.

천검진이 모래 안으로 들어가 자리를 잡은 후 태하는 적들이 흑사진 안으로 들어오기만을 기다렸다.

"…5초다. 5초 안에 이곳에 온 것을 후회하게 만들어주지."

잠시 후, 태하의 손을 따라서 검이 직선으로 솟아오르기 시작했다.

촤락, 퍼억!

"끄허어억!"

"뭐, 뭐지?! 모래 안에 사람이 매복해 있는 것인가?!"

"그게 무슨 개소리야?! 돌격! 저놈들을 쓸어버려라!"

"와아아아아!"

사람들이 꽤 죽기는 했지만 여전히 놈들의 진격 속도는 줄어들 생각을 하지 않았다.

태하는 흑사진을 진기로 회전시켜 마치 거대한 믹서기를 돌리듯 검의 소용돌이를 만들어냈다.

스스스스스!

"흑사진, 용오름!"

마치 회오리바람이 거꾸로 몰아치듯 소용돌이치면서 적들의 발을 묶어버렸다. 그러곤 그 안에서 검의 군집이 만들어낸 지옥을 경험하게 했다.

촤라라라락!

"끄아악! 사람 살려!"

"이런 제기랄! 어서 이곳을 빠져나가라! 어서!"

아마도 태어나 이런 검술이 있다는 것을 처음으로 알았을 도적들은 모래에 빠져 허우적거리느라 정신이 없었다.

천태는 허우적거리는 그들에게 불방망이를 선사하기로 했다.

스릉!

화열검을 뽑아 든 천태는 소용돌이가 치는 모래밭에 불길을 올려놓았다.

"화력진!"

화르르르르륵!

화력진은 흑사진과 함께 섞여 불기둥을 만드는 장관을 연출하였다.

하늘 높이 솟아오른 불길의 용오름은 가공할 만한 위력을 만들어내면서 마치 사람을 잡아먹는 식인 괴물처럼 주변을 잠식하기 시작하였다.

끄그그그그그그!

"으허억! 뜨겁다! 으아아악! 살려줘!"

"아마 이곳이 지옥처럼 느껴질 것이다! 하지만 네놈들이 죽인 목숨에 비하면 그리 큰 혹사도 아니다!"

한차례 공격이 있은 후 비적 떼들은 무식하게 앞으로만 돌격하던 걸음을 멈추었다.

"멈추어라!"

"……?"

태하와 천태가 정면을 바라보니 검은색 두건을 머리에 쓴 사내가 말에서 내려 걸어오고 있다.

그는 천태를 유심히 바라보며 물었다.

"혹시 천태 공……."

"나를 아느냐?"

설마 이곳에서 천태를 알아보는 사람을 만날 줄 몰랐던 일행은 단칼에 그의 머리를 베어버리려 했다.

스릉!

'방주님, 저놈을 일단 죽여서 입을 막는 것이 좋겠습니다.'

'얘기를 좀 들어보고 죽여도 늦지는 않아.'

천태는 초지국을 만류시켜 놓고 그의 얘기를 들어보기로 했다.

"그래, 내가 천태다. 그러는 네놈은 누구이냐? 내 정체를 물었으면 무릇 네 정체에 대해서도 밝히는 것이 인지상정 아니겠나?"

"…정말 천태 공이셨군요!"

척!

사내는 다짜고짜 그의 앞에 엎드려 읍하였다.

"일월신교의 교주님을 뵙습니다!"

"우리 교의 문하였던가?"

"예, 그렇습니다! 소인, 한때 오행기에 있던 두포라 합니다!"

오행기는 초기 명교의 전투 집단이다.

명교는 페르시아의 배화교에 근간을 두는데, 불을 숭상하는 배화교의 기본 교리에 불교, 크리스트교의 가르침을 섞어서 만들어낸 종교이다.

불을 숭상하는 배화교(조로아스터교)는 불은 영혼을 정제하며 인생의 모든 번뇌를 불태운다고 가르쳤는데, 일월신교는 이 가르침에 사람과 사람은 서로 돕고 살아야 한다는 이념을 더하였다.

욕심을 버리고 서로가 상생하면서 잘 살아가는 이러한 기본 이념 덕분에 명교는 중국에만 10만이나 되는 충성스러운 세력을 거느릴 수 있게 된 것이다.

오행기는 이러한 명교의 정예 무력 집단으로 예금기, 홍수기, 열화기, 거목기, 후토기로 구성된다.

뭉쳐야 산다는 이념과 일맥상통한 이들의 전투 방식은 초기 명교의 세력이 급성장하는 데 혁혁한 공을 세웠다.

교리에 충실한 이들의 수련 방식은 수많은 인파가 마치 하나의 유기체처럼 움직여 적을 제압하는 방식으로 발전하였다.

이를 기반으로 세력을 넓힌 명교는 예하에 수많은 분파를 만들어냈으며, 천씨 일가의 일월신교나 배교, 혈교, 월신교 등으로 분하였다.

일월신교는 명교의 교리와 가르침을 그대로 따르면서 그 체계까지 함께 계승하였다.

자신을 스스로 명교의 후예라 지칭하는 일월신교이기 때문에 교단 자체를 명교라고 칭하기도 한다.

특히나 명교의 수많은 분파 중에서도 일월신교의 오행기는 가장 강력한 전투력을 보유하고 있었다.

현재 명교는 중국에서 상당히 많이 분파되었기 때문에 본교인 명교는 사실상 페르시아로 밀려간 상태였다.

이 때문에 중원에선 명교의 이름이 일월신교와 일통하고 있었고, 이들의 오행기가 사실상 사파 무림의 중심이라 할 수 있었다.

산적들의 집단인 녹림도 사파의 한 갈래라 할 수 있었지만, 사실 사파라는 개념은 정도무림맹에서 엮어낸 것이다.

정작 사파무림인들은 자신들이 사파라고 생각하지 않고 그 저 하나의 무인 집단이라고 칭할 뿐이었다.

오행기 출신으로 녹림권왕이라는 칭호를 얻은 두포는 명교 특유의 충성심을 가진 아주 강직한 사람이었다.

그는 천태와 태하의 무공을 보자마자 일월신교의 교주가 왕림했다는 것을 간파해 낸 것이었다.

"소인, 공께서 돌아가신 줄 알고 얼마나 가슴이 무너졌는지 모릅니다! 이렇게 다시 만나 뵙게 되니 영광입니다!"

"아직까지 우리 일월신교의 식구가 살아 있다니 내가 다 뿌 듯하군. 더군다나 이렇게 강성한 세력까지 일구었고 말이야."

"아닙니다. 그저 작은 왈패 집단일 뿐인데요."

"아무튼 반갑네."

"예, 교주님!"

천태는 100명이 넘게 죽은 인원들을 바라보며 안타까움을 감추지 못했다.

"자네, 아무리 우리 식구이지만 약탈은 좋은 방법이 아닐 세. 우리는 마을을 약탈하려는 이놈들을 혼내주고 정의를 바 로 세우려 했다네. 그 때문에 꽤 많은 사람이 죽었지."

"…면목 없습니다. 만약 다시금 저를 거두어주신다면 녹림의 모든 불손 세력이 광명의 불꽃 아래 다시 태어날 수 있게 될 겁니다."

"알겠네. 일단 지나간 일은 잊고 다시 시작하는 마음으로 함께 가자고."

"감사합니다!"

두포는 천태 일행을 자신의 거처로 데려가기로 했다.

"가시지요. 누추하지만 저희들의 마을로 모시겠습니다."

"그래, 그곳에서 잠시 얘기도 듣고 사정도 알아보자고."

"예, 교주님!"

살아남은 비적 떼는 두포와 천태를 따라서 다시 산채로 돌아갔다.

7. 마음이 동하다

두포의 왕가 산채는 원래 왕태산이라는 녹림의 왕이 거느리고 있던 집단인데, 처음엔 산적으로 시작하여 비적과 해적을 두루 흡수하면서 지금의 강성한 세력을 일구게 되었다.

산채의 두령이자 녹림의 우두머리인 왕태산은 비적과 해적, 산적 등을 통하여 자치령까지 세우려 하였으나 명나라가 창건되면서 그 꿈이 수포로 돌아가고 말았다.

산채의 두령 왕태산이 죽으면서 비적과 해적, 산적은 다시 세 갈래로 나누어졌고, 떠돌이 무사이던 두포가 다시 녹림의 왕으로 추대되면서 세력이 하나로 규합된 것이다.

두포는 산골 마을 하나를 통째로 개조하여 만든 녹림의 중심지인 왕가 산채로 천태를 데리고 와서 극진히 대접하였다.

그는 자신이 마을을 습격한 이유에 대해서 차분하게 설명하였다.

"원래 그 마을에는 고리대금을 뜯는 악덕 상인들이 많아서 주기적으로 수탈하여 세력을 죽여놓지 않으면 횡포가 더 늘어날 것으로 생각했습니다. 실제로도 악덕 상인들이 그 마을에 자주 머무를수록 민생이 궁핍해지니 차라리 약탈하여 내쫓으려 한 것이었습니다."

"그렇지만 어떤 이유에서든 약탈은 좋은 방법이 아니야."

"예, 교주님. 저도 그렇게 생각합니다. 더군다나 처음 손을 봐주신 그 비적들은 호전적이고 다소 잔인하여 제 손을 떠나 독단적으로 행동할 때엔 통제가 되지 않았습니다. 아마도 그들이 죽었기에 다른 녹림인들도 다소 정신을 차렸겠지요."

"그럼 다행이고."

두포는 이제 더 이상 도적질을 하지 않겠다고 맹세하였다.

"어떤 방식으로든 도적질은 나쁜 것임을 깨달았으니 이제는 다른 쪽으로 활로를 찾아보겠습니다."

"그래, 상단을 꾸려 행상을 한다든지 표국을 차려 물건을 호위한다든지 방법은 많으니 다른 활로를 찾도록 하지."

그는 천태에게 고개를 숙였다.

"교주님, 부디 저희들을 거두어주십시오! 지금껏 도적질이나 해온 무지렁이들이 도대체 뭘 할 수 있겠습니까?! 사람을 만들어주신다면 열심히 일하겠습니다!"

"으음, 명화방에 들어오고 싶다는 건가?"

"예, 그렇습니다!"

천태는 고개를 끄덕였다.

"그래, 좋네. 그럼 내 볼일이 끝나면 함께 페르시아로 돌아가세. 그곳에서 다시 시작해 보는 거야."

"감사합니다!"

태하는 자신이 미래에서 시간을 거슬러 온 덕분에 명화방의 역사가 바뀌었음을 알 수 있었다.

그의 시간 여행은 이렇듯 꽤 큰 나비효과를 발휘하고 있었다.

'과연 앞으로 일이 어떻게 될지 모르겠군.'

지금처럼 좋은 취지의 일이 미래엔 어떻게 반영될지 모르니 태하 본인이 매사에 침착하게 행동해야 할 것이다.

일이야 어찌 되었든 명화방은 이제 중국 산비탈을 주름잡던 녹림과 그를 따르는 수많은 세력을 휘하로 두게 되었다.

*　　　*　　　*

늦은 밤, 명의 북부 사막지대로 한 무리의 무사들이 달려오고 있다.

두구, 두구, 두구!

거친 말발굽 소리는 백석촌을 향하고 있었다.

"총사, 이곳이 바로 백석촌으로 가는 길목입니다. 비단길의 낙원이라고 불리지요."

"낙원이라……."

무사들의 수장인 총사 마구형은 새장에 들어 있던 매를 꺼내어 날렸다.

"가라."

삐에에에엑!

하늘 높이 날아오른 매는 마구형이 지형을 정찰할 때 사용하는 가장 대표적인 수단이다.

매는 시력이 발달한 동물이기 때문에 아주 높은 곳에서도 사냥감을 놓치지 않는 감각을 갖추고 있다.

마구형은 매를 길들일 때 용모파기를 따라서 날아갈 수 있도록 훈련시켰다.

그의 매는 백석촌 주변을 돌면서 자신이 보여준 용모파기에 나온 사람과 비슷한 복색의 인물을 찾으면 공중에서 X 자로 날면서 사람을 찾았다는 표시를 해준다.

아마 그가 원하는 대상을 찾게 된다면 매가 가장 먼저 마구형에게 알려줄 것이다.

그는 가만히 서서 매가 자신에게 신호를 보내올 때까지 기다렸다.

그리고 잠시 후, 매가 동그라미를 그리며 선회하기 시작했다.

삐에에엑!

"으음, 이곳엔 놈이 없다는 것인가?"

"바로 며칠 전까지만 해도 백석촌에서 난리를 피웠다고 들었습니다. 과연 어디로 간 것일까요?"

"그야 모르지. 하지만 적어도 헛다리는 짚지 않게 되지 않았나?"

"예, 총사."

마구형은 사막에선 사람의 흔적을 찾기가 그리 쉽지 않다는 것을 잘 알고 있다.

우선 사막을 돌아다니는 사람의 수가 그리 많지 않기 때문에 정보를 구하는 것 자체가 쉽지 않은 데다 지형의 특성상 흔적이 빨리 지워지기 때문이다.

하지만 사막의 길은 한정되어 있기에 운만 좋다면 그들의 뒤를 잡는 데 유리하게 작용할 것이다.

그는 무리를 두 개로 나누었다.

"놈이 북으로 왔다는 것은 더 이상 남쪽으로 내려갈 생각이 없다는 뜻이다. 미친놈이 아니고서야 굳이 사막을 건너서 갈 이유가 없지 않겠나?"

"그럼 한 조는 북으로, 한 조는 서쪽으로 보내면 되겠습니까?"

"그래, 내가 동쪽으로 간다. 나머지는 북, 서로 인원을 나누어 출발하도록."

"예, 총사."

마구형은 국경 지대를 지나 연해주로 향했다.

                    *   *   *

녹림이 천태에게 흡수되었다는 소식은 개방에게 가장 빨리 닿았다.

정보력에선 천하제일이라는 개방이기에 그들의 귀가 백석촌까지 뻗어 있었기 때문이다.

그들은 누구보다 빠르게 천태의 뒤를 따라서 사막지대의 북쪽으로 향했다.

"아마 그들은 지금쯤 초원 지대에 닿아 있을 것이다. 사막에서 데리고 온 낙타를 팔고 말로 갈아타자면 꽤 큰 마을을 찾아가야 할 테니 서두른다면 그들을 만날 수도 있어."

"으음, 그렇다면 그들이 갈 곳은 한정되어 있겠군."

"그렇지."

초원 지대에서 혹한 지대로 들어가는 길목에 있는 도시는 그리 많지 않기 때문에 며칠 내로 천태 일행과 마주할 수 있게 될 것이다.

개방의 장로 구일환은 자신에게도 드디어 기회가 왔다고 생각했다.

"그들과 접선할 수만 있다면 우리에게도 보금자리가 생긴다. 그들 역시 정도무림맹에게 원한을 가지고 있으니 우리 방이 찾아간다면 딱히 거절은 하지 않을 거야."

"하지만 우리가 원래 정도무림맹에 속해 있었다는 것을 잘 알고 있을 텐데, 과연 쉽게 우리를 믿어줄까?"

"모 아니면 도다. 어차피 그에게 버림받으면 우리는 끝이야."

"그렇지만 그들을 만났다가 일이 잘못되면 목숨을 잃을 수도 있는데?"

"이래 죽으나 저래 죽으나 죽는 것은 마찬가지, 더 이상 두려워할 것이 무엇이겠나?"

"으음, 그건 그렇지."

아직까지 개방의 정보력이 중원에 닿아 있는 것을 생각한다면 천태의 입장에서도 그들을 괄시할 수는 없을 것이다.

적어도 그들이 다시 중원으로 돌아와 세력을 규합하려 한다면 이곳의 정세에 밝은 개방은 필수적인 요소일 터였다.

구일환은 자신의 품속에 있던 작은 금반지를 꺼내보았다.

"…형님, 반드시 세력을 일으켜 철천지원수의 가슴에 비수를 꽂겠소. 그때까지 지하에서 기다리고 계시구려. 내가 곧 따라가리다."

그는 개방의 방주이자 자신의 친형인 구일천을 비명에 보내고 방이 와해되어 떠돌이가 된 원흉을 없애기 위해 목숨을 걸었다.

남궁세가의 칼에 형의 목이 달아나는 것을 똑똑히 지켜본 그는 어차피 더 이상 세상에 미련이 없었다.

그는 자신의 목숨이 덤으로 붙어 있는 것이고, 이것이 어찌 사라져도 상관없다고 생각하고 있었다.

만약 그가 길고 오래 살기를 바랐다면 다른 개방의 거지들과 같이 어울려 술이나 퍼마시고 살았을지도 모른다.

구일환은 자신의 등에 매달려 있던 타구봉을 꺼내 들었다.

척!

"이것으로 우리의 활로를 되찾는다. 가자."

"그래, 가자!"

비록 세 명뿐인 동무들이지만 그들은 한때 개방의 5대 장로에 속해 있던 고수들이다.

만약 그들이 직접 나서서 세력을 다시 규합해 준다면 누구라도 탐내는 방으로 다시 태어날 수 있을 것이다.

네 명의 개방 장로는 사막지대를 넘어 초목 지대로 향했다.

*   *   *

북경에서 무려 보름 동안 쉬지도 않고 달려온 하오문주 하설향과 그 동생 하월향은 초목 지대 초입에 있는 마을 '당명촌'에 당도하였다.

그녀들은 잠도 자지 않고 이곳까지 달려온 탓에 다리는 풀리고 자꾸만 눈이 감겨왔다.

"언니, 이러다가 쓰러지는 것 아니야?"

"괜찮아. 쓰러져도 그들 앞에서 쓰러진다면 죽지는 않을 거야."

상식적으로 사람이 보름 동안 한숨도 자지 않았다면 과로로 쓰러지거나 신경과민으로 숨을 거둘지도 모른다. 하지만 그녀들은 이보다 더 극한 상황에서 살아남은 사람들이기에 잠 따윈 그리 중요한 것이 아니었다.

하설향은 이곳에서 천태의 위치를 수소문해 보기로 했다.

그녀는 당명촌에 있는 두 개의 객잔 중에서 명촌각으로 들어갔다.

딸랑.

풍령이 달린 작은 미닫이문이 열리자 점소이가 부리나케

달려 나왔다.

"어서 옵쇼! 몇 분이십니까요?!"

"두 명이오."

"네, 이쪽으로 오시지요!"

당명촌은 비단길을 잇는 초원 지대 끝에 위치해 있기 때문에 꽤 많은 상인들이 오가는 곳이다.

크기는 작았지만 어지간한 성도의 부자보다 더 부유하고 사람들의 인심도 꽤 넉넉한 편이었다.

다만 몇 번인가 전란에 휩싸이는 바람에 마을의 청년들이 무더기로 죽어나갔다.

점소이부터 주방장까지 객잔에서 일하는 사람들 모두가 여자였고, 심지어는 물을 떠다 나르는 일꾼들도 다 여자였다.

하설향은 점소이에게 은자 한 냥을 건네며 물었다.

"이곳에 웬 노인과 그 식솔들이 찾아오지 않았나요? 가족은 모두 다섯 명입니다."

"으음, 글쎄요. 우리 여각에는 아직까지 그런 사람들은 찾아오지 않았어요. 다섯 명의 가족이라… 그것도 노인을 모시고 비단길까지 오기란 그리 쉽지가 않죠. 아마 그런 사람들이 온다면 벌써 동네에 소문이 퍼졌을 거예요."

비단길을 오가는 사람들이라고 반드시 상인들만 있는 것은 아니었다.

중죄를 짓고 도망을 치거나 사랑의 도피를 하는 사람들이 야반도주의 길목으로 비단길을 택하곤 했다.

위험부담이 좀 크긴 하지만 비단길까지 추격대를 보내어 사람을 잡기엔 무리가 있기 때문이다.

그녀들이 주변을 둘러보니 사랑의 도주를 벌인 사람들이 꽤 많아 보였다.

"남녀는 많아도 가족들은 보이지 않는군."

"이곳에 없으면 다른 객잔으로 가보자."

"아니, 그냥 이곳에서 기다리자. 그런 사람들이 온다면 정말 동네에 소문이 퍼질 만도 해."

"하긴."

두 사람은 객잔에서 먹을 만한 음식을 주문하였다.

"여긴 뭘 잘해요?"

"양고기나 염소고기를 주로 구워서 팔지요."

"그럼 양고기를 구워서 두 접시 가져다 줘요."

"네, 알겠습니다요!"

초목 지대의 특성상 요리에 쓸 수 있을 정도로 넉넉한 야채를 구하는 일은 쉽지가 않다.

오히려 유목 생활을 하는 이들이 가축을 기르기 때문에 고기값이 더 싸고 구하기도 쉬웠다.

점소이는 자신이 할 수 있는 가장 좋은 요리를 주문하여

두 여인에게 가져다 주었다.

"맛있게 드세요!"

"고마워요. 그리고 이거 받아요."

그녀는 점소이에게 은자를 한 냥 더 건넸다.

"만약 내가 말한 그런 사람들이 찾아온다면 곧장 말해줘요."

"알겠습니다요! 맡겨만 주십시오!"

싹싹하면서도 꼭 남자처럼 행동하는 점소이가 음식을 놓고 나갈 쯤, 객잔으로 활을 등에 맨 사내가 찾아왔다.

그는 얼굴과 목을 전부 검은색 두건으로 가리고 있어서 용모가 어떤지 알아보기가 힘들었다.

"이보시오! 계시오?"

"예, 손님! 어서 오십시오!"

"다섯 식구가 묵을 방이 필요하오. 아버지가 연로하였으니 방이 최대한 따뜻했으면 좋겠는데."

"아하! 그런 곳이 필요하다면 아주 잘 오셨습니다! 이쪽으로 오십시오!"

그녀들은 자신들이 기다리던 사람이 드디어 나타났음을 알 수 있었다.

'왔다!'

'운이 좋았어. 우리가 저들보다 먼저 도착한 것은 어쩌면 신

의 계시인지도 몰라.'

묵묵히 앉아서 양고기를 뜯고 있던 그녀들은 불현듯 열리는 문으로 고개를 돌렸다.

딸랑.

노인을 부축한 부부와 짐을 들고 있는 사내가 객잔 안으로 들어와 꽤 넓은 탁자 위에 짐을 내려놓았다.

"후우, 드디어 도착했네. 아버님, 몸은 좀 괜찮으세요?"

"그래, 아가. 나는 괜찮다. 너희들은 좀 어떠하냐?"

"저희들이야 아직 젊은데 무슨 걱정인가요?"

"허허, 그래, 그럼 되었다."

잠시 후, 활을 매달고 있던 청년이 아래로 내려왔다.

"형님, 위에 방이 하나 있긴 한데 이불이 좀 얇습니다. 괜찮겠지요?"

"밖에서 노숙을 하는 것보다야 훨씬 낫지."

"알겠습니다."

그는 점소이에게 은자 두 냥을 건네며 말했다.

"한 일주일 묵을 것인데 이 정도면 식대까지 해결되겠소?"

"물론이지요! 지금 당장 식사를 하시겠습니까?"

"우리 아버님께서 아까부터 시장기가 돈다고 하셨으니 빨리 준비되는 것으로 먹겠소."

"예, 알겠습니다요!"

탁자 위에 짐을 풀고 앉은 그들은 정답게 담소를 나누었다.

"아버님, 오는 길에 안 사실인데 낙타가 새끼를 밴 것 같더라고요."

"으음? 그래?"

"운이 좋아서 상인이 낙타 한 마리를 더 쳐줬지 뭐예요?"

"허허, 네가 착하게 살아보니 임신을 한 낙타도 알아보는 모양이구나. 원래 새끼를 배면 어떤 생물이라도 날카로워지게 마련 아니냐? 그런데도 너를 따라온 것을 보면 분명 사람 좋은 것을 알아챈 게야."

"호호, 그런가요?"

"얘, 첫째야."

"예, 아버님."

"오늘 밤에 술이나 한잔하자꾸나. 근처에서 소홍주를 좀 구해올 수 있겠니?"

"객잔에 없으면 상인들에게 구할 수 있을 겁니다. 같이 드시고 싶은 것은 없으세요?"

"마파두부가 먹고 싶구나."

"알겠어요. 제가 상인들에게 수소문해 볼게요."

"형님, 같이 갑시다. 가는 길에 담배도 좀 사야겠어요. 이것 참, 집이 멀리 있어서 담배를 구하기도 쉽지가 않네요."

"그래, 그럼 그렇게 하자꾸나. 막내는?"

"전 아버님과 형수님을 데리고 있겠습니다."

아주 일상적이면서도 단란한 이 분위기는 위장한 가족에게 선 절대로 보일 수 없는 것들이었다.

그녀들은 고개를 갸웃거렸다.

'이상하네. 이 사람들이 아닌가?'

'언니, 용모파기를 다시 한 번 봐.'

설향이 용모파기를 펼쳐 저들과 대조해 보니 얼굴에 있는 작은 특징들이 보이지 않았다.

어쩌면 인피면구를 썼을 수도 있지만 이들 가족은 애초에 덩치부터가 상당히 작았다.

무인이라면 무릇 기골이 장대해야 할 텐데 이들은 오히려 일반 사람보다도 키가 작았다.

'아닌가?'

'아무래도 우리가 헛다리를 짚은 모양이야.'

'흠…….'

조곤조곤 대화를 나누고 있던 그녀들의 고개가 이내 다시 돌아갔다.

딸랑.

그녀들은 눈살을 찌푸렸다.

"킁킁, 이게 무슨 냄새야?"

"거, 거지들?"

객잔의 문을 열고 들어온 사람들은 다름 아닌 개방의 거지들이었다.

한 사람은 비취석으로 만든 봉을 등에 매달고 있었는데, 저것은 타구봉이 분명했다.

타구봉을 든 거지가 노인에게 다가갔다.

척!

"안녕하십니까, 선배님? 처음 뵙겠습니다. 개방에서 온 구일환이라고 합니다."

"으음? 내가 왜 자네의 선배인가?"

장남이 자리에서 일어나 그들을 대신 맞이한다.

"무슨 일이십니까? 저희들에게 무슨 볼일이라도……."

"천태 공을 만나려 북경에서 이곳까지 쉬지 않고 달려왔소. 당신이 천태 공의 손자인 천무혁 대협이오?"

그는 고개를 가로젓는다.

"누, 누구요?"

"천무혁 대협 말이오. 이곳에 있다는 소식을 듣고 달려왔는데?"

"그렇다면 사람을 잘못 본 모양입니다. 대협이라면 분명 걸출한 무인일 텐데 저는 보시다시피 기골이 보잘것없는 여행객에 불과합니다. 어머니의 산소가 저 멀리 초목 지대 너머에 있어서 여행을 떠나는 것이지요."

"……."

"이런, 가슴을 열어서 진심을 보여줄 수도 없고… 난감하네요."

구일환은 정중히 고개를 숙였다.

"죄송하게 되었소. 사람을 잘못 본 모양이외다."

"예, 그런 것 같군요. 아무튼 꼭 원하는 만남을 이루셨으면 좋겠네요."

"고맙소."

이윽고 개방의 거지들은 객잔을 나가 버렸다.

이제 그녀들은 이곳에 더 머물러야 할지 떠날지를 결정해야 했다.

'언니, 이곳에서 조금 더 기다려 볼까?'

'그래, 하루만 더 있어보자.'

그녀들이 방을 잡으려는데 다시 한 번 객잔 문이 열린다.

딸랑.

험상궂은 얼굴의 사내 두 명이 들어와 점소이를 불렀다.

"이보시오! 계시오?"

"예, 부르셨습니까요!"

"방이 두 개 필요한데, 있소?"

"예, 마침 딱 두 개가 남았네요. 드릴깝쇼?"

"그래 주시오."

"고맙습니다! 이쪽으로 오십시오!"

마지막 남은 방이 빠졌다는 소리를 들으니 저절로 표정이 딱딱하게 굳어버리는 그녀들이다.

'젠장, 선수를 쳐버렸네.'

'어쩌지?'

'다른 객잔을 찾아보자. 이곳에서 그리 멀지 않으니 밤에 몰래 찾아오면 사정을 알 수 있겠지.'

'그래, 그렇게 하자.'

그녀들은 남은 고기를 전부 다 먹어치운 후 자리를 떠났다.

*   *   *

늦은 밤, 제네바 유엔군 연구소에 환자복을 입은 명화가 멍하니 앉아 있다.

"……."

"최명화 씨, 괜찮아요?"

"…네."

"피앙세에 대한 일은 안됐습니다. 뭐라 드릴 말씀이 없네요."

"어쩌겠어요? 인명은 재천이라지 않습니까?"

유엔군 연구소 나탈리아 노비코바 박사는 씁쓸하게 웃었다.

"참 강한 사람이네요."

"산 사람은 살아야 한다고 하지 않나요? 저는 산 사람이니 산 사람들과 함께 살아가야지요. 앞으로의 일이 다 그렇지 않겠습니까?"

"맞아요. 현명하시네요."

나탈리아는 명화의 팔에서 혈액을 채취했다.

"조금 아파요."

"괜찮습니다."

푸욱!

정맥에 곧바로 주입되어 혈액을 채취하는 굵은 주삿바늘이 들어갔음에도 명화는 덤덤한 표정이다.

이제 그는 어지간한 고통에는 통각을 느끼지 못하는 사람이 되어버렸다.

"아픔을 느끼지 못한다는 것은 기쁨을 느끼지 못한다는 것과 같아요. 슬픔을 모르는 사람은 기쁨을 모르는 것과 같은 이치이지요."

"그럼 저는 평생 감정이 없는 허수아비로 살아가야 할까요?"

그녀는 고개를 저었다.

"대부분의 사람이 너무나 큰 충격을 받으면 당신과 같은 증상을 겪어요. 첫 번째론 밥이 넘어가지 않죠. 그리고 두 번째

론 머리에 아무런 생각이 들지 않아요. 마지막으론 통각이 무뎌지지요."

"그렇다면 이 증상이 언제쯤 나아질까요?"

"당신이 다시 울 수 있다면 나아질 겁니다. 그땐 다시 웃을 수도 있겠죠."

"그렇군요."

나탈리아는 그의 팔을 지혈한 후 주사기에 담긴 혈액 샘플을 간호사에게 건넸다.

간호사는 혈액을 들고 연구실로 향했고, 나탈리아는 그의 곁에 앉아서 계속 대화를 나누었다.

"나도 당신과 같은 때가 있었어요."

"박사님이요?"

"저도 당신과 같이 피앙세를 잃고 가족 모두를 먼저 보냈죠. 그때의 고통이란 이루 말로 설명할 수가 없더군요. 가슴이 깨져 버리는 느낌이라고나 할까요?"

"…그래요. 그런 느낌이죠."

"처음엔 믿기 힘들어서 부정했어요. 현실이 아니라고 생각하니 한 가닥 희망이 생기더군요. 하지만 그 희망이 부질없는 것이라는 것을 깨닫자 분노가 터져 나왔습니다. 하루 종일 화를 내면서 돌아다녔어요. 지나가는 사람들에게 욕을 하고 침을 뱉었지요. 그런 시간이 지나고 나니 오히려 모든 것을 덤덤히 받아들이게 되더군요."

"……"

"한땐 그냥 죽어버릴까도 생각했지만, 이 세상에서 제가 할 수 있는 일이 분명 있다는 것을 느꼈죠."

명화는 그녀의 심정이 충분히 공감되었다.

"맞아요. 나도 몸에 항체가 있다는 소식을 듣기 전까진 그냥 죽을까도 생각했어요. 하지만 내가 죽으면 나와 똑같은 누군가가 더 생길 것이고, 그것은 나 스스로 죄를 짓는 일이더군요."

"당신은 아주 강한 사람이네요."

"강인함과 약함은 한 끗 차이예요. 의지가 있고 없고의 차이죠."

"후후, 그래요. 맞아요."

명화는 이곳에서 하루 종일 피를 뽑고 휴식을 취하는 일과를 끝도 없이 반복하고 있다.

그 좋아하는 운동은 포기한 지 오래되었고 술과 담배, 식사도 마음껏 할 수가 없었다.

그럼에도 불구하고 명화는 자신의 처지를 비관하지 않았다.

"힘을 냅시다. 박사님께서 반드시 길을 찾아주실 것이라고 믿어요."

"고맙습니다. 저를 믿고 따라와 주셔서."

그녀가 명화의 이마에 입을 맞추었다.

"언젠가는 그 노력과 용기를 보상 받을 날이 반드시 올 겁
니다."

"그래요. 꼭 그래야죠."

나탈리아는 병실을 나섰고, 명화는 이내 다시 잠에 빠져들
었다.

*　　　*　　　*

남극대륙 서부 지역에 위치한 차원의 틈으로 명화방과 정
방사신회의 모든 병력이 집중되어 있다.

그들은 스스로를 희생하여 포탈을 연 카미엘의 의지를 계
승하여 신전을 수호하는 임무를 수행하고 있는 중이다.

차원의 틈 주변에는 식물을 키울 수 있는 유리 온실이 위치
하고 있어 병력이 식량을 구하기 위해 돌아다닐 필요가 없었
다.

카퍼데일은 이곳에서 지구의 종말이 온다고 해도 끝까지 버
티면서 자신이 지켜야 할 것을 사수할 것이다.

그는 하루에도 수만 마리씩 몰려드는 악의 시종들을 상대
하느라 눈코 뜰 새가 없었다.

명화방 전진기지의 정문으로 5만 마리의 악의 시종들이 몰려들었다.

―캬하아아아악!

"기관총 사수들은 후방을 타격하고 무사들은 전방의 적을 상대한다!"

"예, 방주님!"

전진기지의 무사들은 벌써 한 달째 쉬지도 못한 채 이 지겨운 싸움을 계속하고 있는 중이다.

악의 시종은 지구상의 인구 60억이 모두 다 죽을 때까지 계속 생성될 것이며, 그것들이 모두 다 죽으면 지금까지 지구에 살던 고인들의 시신이 스켈레톤으로 부활하여 싸울 것이다.

―끼릭, 끼릭!

"스켈레톤 부대가 전방에 출현했습니다!"

"빌어먹을, 점입가경이군!"

카퍼데일은 태하가 임무를 완수하여 세계선이 붕괴되고 새로운 세상이 열리기만을 기도하고 있을 뿐이다.

세계는 하나의 시간과 공간을 통하여 선을 이루는데, 이 선은 카미엘이 원하는 표적이 사라지게 되면 깨어지게 된다.

그가 스스로를 희생하여 포탈을 연 것은 막대한 에너지를 공급하기 위함이기도 했지만 마법 자체에 술자의 의지가 내포

되기 때문이다.

이 때문에 태하가 임무를 완수하면 세계선을 깨어지고 또다른 세상이 펼쳐지겠지만, 반대로 임무에 실패하여 목적을 이루지 못하면 지구는 멸망할 수밖에 없다는 결론이 나온다.

다소 극단적인 방법이긴 하지만 지금으로썬 태하 한 사람에게 전적으로 의지할 수밖에 없었다.

"버텨라! 버티는 것만이 살길이다!"

"예!"

그는 초지혁에게 유엔군의 상황에 대해 물었다.

"연구소에서 말한 그 샘플은 어떻게 되었다던가?"

"일단 공급자를 찾기는 했습니다만, 그것을 약으로 만들어 살포하는 것은 꽤 오랜 시간이 걸릴 것으로 보인답니다."

"그렇군."

"하지만 그래도 충분히 희망은 있습니다. 적어도 사건을 풀어낼 실마리는 잡은 셈 아닙니까?"

"그래, 인류가 천하마술단에 대항할 힘이 생긴다면 그것만으로도 충분히 승산이 있는 것이지."

지금 인류는 전 세계의 생존자 전부가 유엔군 산하에서 군인화 교육을 받고 전투를 반복하면서 살아가고 있다.

유엔은 모든 생존자에게 각자의 식량을 알아서 조달할 수 있는 유리 온실과 간이 목장을 보급했는데, 생존자들은 싸움과 식량 조달을 함께 해야 하는 어려움을 겪고 있었다.

그러나 길거리에 넘쳐나는 악의 시종들 틈바구니에서 노숙을 하는 것은 아예 생존률이 극단적이니 어려움을 감수하는 수밖에 없었다.

"아무튼 우리가 무너지면 이 세계가 무너진다. 이곳을 지키자면 우리의 병력이 더 필요하다. 생존자들의 구조 현황은 어떻게 진행되고 있나?"

"미국과 유럽, 아시아에서 총 550개의 신호를 받았습니다. 그들을 모두 다 구조한다면 기지를 확장할 수 있겠지요."

"좋아, 불행 중 다행이군."

카퍼데일은 생존자를 구할 수 있는 가용 인원에 대해 물었다.

"그들에게 급파할 수 있는 병력은?"

"저를 포함하여 네 명입니다."

"…네 명이라……."

"하지만 그들은 모두 무공의 고수들입니다. 처음의 구조 활동은 힘들겠지만 시간이 지나 세력이 형성되면 일이 점점 더 쉬워질 겁니다."

"그래, 힘내게."

"감사합니다, 방주님."

잠시 후, 카퍼데일에게 무전이 날아들었다.

치익!

―방주님, 북해빙궁입니다.

"그래요, 강진희 박사."

―그쪽의 상황은 좀 어떻습니까?

"여전히 힘들지요."

―3차 훈련이 끝났습니다. 이제 곧 파병이 가능할 것입니다.

"오오, 듣던 중 반가운 소식이군요!"

강진희는 북해빙궁의 수많은 서적 속에서 이 사태를 헤쳐 나갈 수 있는 방안을 찾아냈다.

그것은 바로 생존에 최적화된 무공을 창안하는 것이었다.

현재의 무공은 그것을 연성하고 사용하는 데 상당히 오랜 시간이 걸리기 때문에 전진기지에서 싸울 수 있는 사람은 그리 많지 않았다.

하지만 그녀가 창안한 무공은 사격술과 기본 심법을 섞은 것으로, 이 주일 남짓한 훈련만 받아도 발군의 전투력을 낼 수 있다.

그녀는 북해빙궁에 진기가 진하게 농축된 물이 흐른다는 것을 알고 있었기 때문에 그것을 보급품으로 전환시켜 전진기지를 지원했다.

이 주일이라는 짧은 시간 만에 무공을 익힐 수 있던 것도

다 진기의 생수 덕분이었다.

진기의 생수는 지금도 계속해서 생산되고 있는 중이기 때문에 북해빙궁이 폭발하지 않는 한은 마르지 않을 것이다.

만약 북해빙궁이 존재하지 않았다면 지금쯤 전진기지는 사라지고 없을지도 모른다.

—3차 파병의 병력이 그곳으로 갈 때 보급품을 함께 보내겠습니다. 진기의 생수는 아직 충분합니까?

"아직 충분해요. 이 정도면 한 달 정도는 버티겠어요."

—다행이네요. 아무튼 조금만 더 버티세요. 새로운 병기를 제작하는 중이니 전투에 큰 도움이 될 겁니다.

"병기?"

—아마 북해빙궁에 와보셨다면 얼음 괴물이 움직이는 것을 보셨을 겁니다.

"그랬지요."

—원래는 북해빙궁 안에서만 통제할 수 있던 얼음 괴물을 개량하여 진석을 삽입해서 사람이 직접 움직이는 로봇의 형태로 만들었습니다.

"오오! 그런 일이……!"

—비록 지금은 시험 단계이지만 조만간 모든 병력에 탑승할 수 있는 전투 병기를 제작할 수 있을 것 같아요.

"다행입니다! 우리 인류에도 드디어 희망이 보이는군요!"

—제작에 필요한 물건은 이곳에 거의 무한대로 있으니 정말 희망을 가지셔도 될 겁니다.

"고맙습니다! 정말 고마워요!"

—무슨 그런 말씀을. 감사는 제 사부님에게 하셔야지요.

"그래요. 천검진 사제가 우리 인류에게 아주 큰 도움을 주고 있네요. 그는 우리의 영웅입니다."

오랜만에 희소식을 접한 카퍼데일은 따뜻한 희망을 가슴에 품었다.

'우리는 절대로 지켜낼 것이다! 반드시!'

그의 눈에 의지가 넘쳐흘렀다.

8. 결집하다

늦은 밤, 천태 일행이 머무는 객잔으로 검은 복면을 쓴 사내들이 날다람쥐처럼 날아들었다.

파바바밧!

마치 그림자와 같은 그들의 신형은 신묘하기 그지없었기 때문에 객잔은 여전히 조용했다.

복면인들은 2층에 있는 객실로 향했다.

스릉!

날카롭게 잘 벼려진 검을 뽑아 든 그들은 아주 살며시 방문을 열었다.

"쿠울……."

"잘 자는군."

"그럼 저세상으로 보내볼까?"

푸욱!

그들은 잠을 자고 있는 청년의 심장에 검을 꽂았다.

이제 사방으로 피가 튀고 잠을 자던 그의 몸은 눈을 뜨지 못한 채 식어갈 것이다.

하지만 놀라운 일이 벌어졌다.

"어라?"

"왜 그래?"

"거, 검이 안 들어가는데?"

"…뭐라고?"

"사람의 몸이……."

잠시 후 청년이 이불을 걷고 자리에서 일어났다.

"하암!"

"허, 허억!"

"후후, 이런 미친놈들. 감히 나를 검으로 찔러 죽이려 했단 말이지?"

정도무림맹의 사주를 받아 태하에게 검을 꽂으려던 살수들은 적지 않게 당황하였다.

상식적으로 사람의 몸에 칼이 꽂히지 않는다는 것은 결코 말이 되지 않는 일이기 때문이다.

태하는 손을 뻗어 살수의 목을 틀어쥐었다.

턱!

"크허억!"

"이런 개자식들, 죽고 싶어서 아주 환장을 한 모양이구나!"

"죽어라!"

그의 곁에 있던 또 다른 살수가 태하의 옆구리에 칼을 밀어 넣었으나 그 즉시 칼자루가 부러지고 말았다.

팅!

"이, 이런 씨발……!"

"네놈들은 오늘 아주 임자를 만난 것이다!"

태하는 그의 심장에 장을 쳤다.

"대명신장!"

퍼억!

불과 같은 진기로 똘똘 뭉친 그의 장법이 살수의 가슴에 틀어박히자 그의 몸이 마치 불덩이처럼 달아오르기 시작하였다.

스스스스스!

잠시 후, 태하가 한차례 공력을 주입하자 그의 몸은 뜨거운 불길에 휩싸이고 말았다.

화르르르륵!

"끄아아아아악!"

"사람은 심보를 곱게 써야 한다. 네가 살의를 품고 있다면 불길에 타 죽을 것이고 상생의 차분한 마음을 품는다면 불이 사그라질 것이다."

"사, 살려주십시오!"

"마음을 진정시켜라. 아직도 나를 죽이고 싶으냐?"

"아, 아닙니다!"

대명신장은 원래 극한의 화기로 사람을 달궈 죽이는 장법이지만 태하는 그것을 자연경의 이치로 컨트롤하여 마음대로 조종할 수 있었다.

태하는 그의 몸에서 화기를 갈무리하여 그 심장에 쑤셔 넣어버렸다.

스으으윽!

"이제 네놈은 나에게 목숨이 담보로 잡힌 것과 같다. 만약 잘못해서 나의 뜻에 반한다면 네놈은 결코 살아남을 수 없을 것이다."

"며, 명심하겠습니다!"

"아마도 네놈은 무림맹에서 온 살인자일 것이다. 그렇지?"

"예, 그렇습니다!"

"좋아, 너에게 기회를 주지. 네놈이 속한 무림맹에 우리 일행이 죽었다고 전해라. 시신은 불에 타 없어졌으며 목격자가 있느냐고 물으면 개방의 거지들을 운운하면 된다."

"개, 개방이요?"

"마침 이 마을에 개방의 제자들이 있으니 그들과 함께 가서 소문을 퍼뜨리면 될 것이다."

"하지만 개방은 정도무림맹에서 쫓겨난 몸입니다."

"알고 있다. 나머지는 내가 알아서 할 테니 너는 내가 시키는 대로만 움직이면 된다. 알겠느냐?"

"예!"

"가라. 내일 아침에 이곳을 떠나 다시 무림맹으로 돌아가라."

"분부대로 하겠습니다!"

태하는 애초에 이곳으로 살수들이 먼저 도착할 것이라는 사실을 알고 있었다.

과연 그들이 태하와 천태의 정체에 대해서 아는지 알 수는 없지만 확실한 것은 무림맹에서 천태를 쫓고 있다는 사실이다.

그는 살수가 자신을 죽이러 올 때까지 기다렸다가 연막을 치기로 한 것이다.

"썩 물러가라."

"예, 대협!"

태하는 그들을 놓아주었고, 구석에서 이 모습을 지켜보고 있던 천태가 다가왔다.

"이제 개방의 장로들을 만나러 가기만 하면 되는 건가?"

"예, 어르신."

"가세. 어찌 되었든 간에 그들과 만나 담판을 지어야 하지 않겠나?"

"하지만 어르신, 과연 개방이라는 그놈들을 믿을 수 있겠습니까?"

"원래 개방은 100% 신뢰할 수 없는 사람들일세. 하지만 적어도 그들의 정보력은 믿을 만하지."

"으음, 그렇군요."

천태는 태하에게 하오문의 문주에 대해서 물었다.

"하오문주와 그 동생은 지금 어디에 있나?"

"밖에서 노숙을 하고 있습니다."

"밤이 꽤 추울 텐데?"

"뭐, 그렇긴 합니다만 그럭저럭 잘 버티고 있는 것 같더군요."

"그렇다면 그녀들까지 한자리에 모아 얘기를 끝내자고. 이대로 정리가 안 된 상태로 하랑을 만나러 갈 수는 없으니."

"예, 어르신."

태하가 지금껏 천태와 함께 무림의 일을 정리하고 있던 까닭은 앞으로 이 세계선이 미래로 이어질 것이기 때문이다.

지금 태하가 어떻게 행동하느냐에 따라 세계선이 달라질 테니 최대한 상황을 좋은 쪽으로 만들어놓는 편이 좋을 것이다.

그는 개방과 하오문을 만나기 위해 객잔을 나섰다.

＊　　　＊　　　＊

설향와 월향 자매는 꽤 쌀쌀한 초원 지대에서 밤을 꼬박 지새우면서도 일체의 움직임도 보이지 않았다.

그녀들은 살수들이 천태를 찾아왔다가 죽을 뻔한 것을 보곤 그들의 정체를 완벽하게 파악한 것이다.

"언니의 판단이 맞았어. 저들이 바로 일월신교의 후예들이야."

"운이 좋았다고 해야 할까? 우리 하오문이 일월신교의 휘하로 들어갈 수 있는 기회를 얻었으니."

"그렇다고 봐야지."

두 자매가 객잔을 뚫어지게 쳐다보고 있을 무렵, 저 멀리서 말을 탄 도적 떼가 달려왔다.

"이랴!"

"어서 달려라! 교주님이 기다리신다!"

"…녹림?"

설향은 녹림권왕 두포의 얼굴을 확인하곤 고개를 갸웃거렸다.

"녹림이 이곳까진 어쩐 일이지?"

"혹시 녹림도 천태의 휘하로 들어가기 위해 온 것은 아닐까?"

"으음, 그럴 수도 있겠어. 아무리 도적 떼라고 해도 조정의 추격을 받으면서 평생 살아갈 수는 없을 테니까 말이야."

"그 천태라는 사람이 이 모든 사람들을 받아준다면 꽤 큰 세력이 형성되겠는데?"

"우리로선 아주 고마운 일이지. 주군은 강력하면 강력할수록 좋은 법이니까."

천태의 무공은 이미 무림 최강이라고 정평이 나 있으니 그를 뒷받침할 세력만 있으면 만사형통이다.

적어도 녹림과 하오문이 있는 한 그는 무림에서 쉽사리 무시할 수 없는 세력이 될 것이 분명했다.

잠시 후, 객잔에서 나온 천태가 두포의 읍을 받았다.

척!

"교주님을 뵙습니다!"

"이제는 명화방주라 불러야 한다. 일월신교는 역사의 한 귀퉁이로 사라졌어."

"예, 방주님!"

순간, 그녀의 귀가 번쩍 틔었다.

"명화방!"

"명화방이라면 인도에 금을 실어다 나른다는 그 상인 집단 말이야?"

"…듣기론 세력이 상상할 수 없을 정도로 강성하다고 하던데, 설마하니 명화방주가 천태였다니!"

"그렇다면 굳이 우리 세력이 필요하지 않을 텐데……."

"그것은 녹림도 마찬가지야. 하지만 천태의 그릇은 그렇게 좁지 않아. 아직 우리가 들어갈 공간은 충분할 거야."

그녀는 읍하고 있는 두포의 곁으로 달려가 넙죽 엎드렸다.

퍽!

"천태 공, 저는 하오문에서 온 하설향이라고 합니다! 현재 하오문을 이끌고 있습니다!"

"그래, 하 문주. 얼핏 얘기는 들었네."

"영광입니다!"

"일찌감치 자네가 나를 따라오고 있다는 것은 알고 있었네. 하지만 도대체 무슨 용무로 나를 찾아왔는지 몰라서 이것을 저지할지 말지를 고민하고 있었을 뿐이지."

"외람된 말씀입니다만, 저희 하오문이 천태 공의 휘하에 들어가고 싶어 찾아온 것입니다."

"우리 명화방에 들어오고 싶다는 뜻인가?"

"예, 그렇습니다!"

"으음, 그 이유가 궁금하군. 왜 하필이면 우리 명화방인가? 무림에는 아직 강성한 세력이 많은데 말이야."

그녀는 자신이 진심으로 탄복한 천태의 됨됨이에 대해 말했다.

"공께선 모르는 사람에게 황금 일만 냥의 거금을 쓰셨습니다. 그 이유는 단 하나, 그저 사람을 살리기 위함이셨지요."

"그랬지."

"저는 공의 그릇이 범인과 다르다는 것을 그때 깨달았습니다. 그래서 죽이 되든 밥이 되든 앞으로 우리 하오문의 운명을 공에게 걸어보고 싶어졌습니다."

"쑥스럽군. 그렇게 큰 뜻으로 한 일은 아닌데 말이야."

"…공께선 어떻게 생각하실지 몰라도 저희 하오문은 감히 상상조차 할 수 없는 일이었습니다. 아무리 돈이 많고 부유하다고 한들 모르는 이에게 황금 일만 냥을 선뜻 내어주는 일은 상당히 어려운 일입니다. 그것이 저희 하오문이 공을 존경하게 된 결정적인 계기가 되었습니다."

천태와 눈이 마주친 설향은 자신의 마음이 진심이라는 것을 알리기 위해 연신 고개를 숙였다.

"저희들을 받아주십시오!"

"단순히 활로를 찾기 위해 나에게 몸을 의탁하는 것이 아니란 말이지?"

"예, 그렇습니다!"

"좋아, 자네들이 그렇게 원한다면 명화방으로 가세. 하지만 명화방은 결코 쉬운 행상을 하는 사람들이 아니야. 목숨을 걸고 원행하면서 자신들이 번 돈을 불우 이웃에게 나누어준다네. 자네들, 목숨을 걸고 번 돈을 그렇게 쓸 자신이 있나?"

"물론입니다. 부귀영화가 있다면 어려운 사람을 돕는 일은 당연한 것입니다."

하오문은 원래 고아들을 거두어 먹이고 그들로 문파의 세력을 형성하였는데 그 끈끈함이 거의 가족과 같았다.

천태는 그들의 선행을 익히 알고 있었기에 흔쾌히 하오문을 영입하기로 했다.

"알겠네. 자네들을 녹림과 함께 아라비아로 데리고 가겠네."

"감사합니다! 충성을 다하겠습니다!"

"나에게 충성을 다할 필요는 없어. 그저 방을 위하고 어려운 사람들을 도우면서 살아가면 된다네."

"예, 명심하겠습니다!"

이제 하오문은 명화방의 정보통으로서 활약하게 될 것이다.

*   *   *

천태와 하오문의 만남을 숨어서 지켜보는 이들이 있었으니 바로 개방의 장로들이었다.

구일환은 무릎을 치며 아쉬워했다.

"젠장! 우리가 선수를 쳤어야 하는데!"

"설마하니 천태가 벌써 이렇게 대단한 세력을 이뤘을지 누가 알았겠나?"

"사실 아직 천태는 날개를 다 펼치지 못했어. 듣자 하니 손자 천무혁이 살아 있다고 하더군. 우리는 천태가 아니라 천무혁에게 걸어보는 거야."

"그렇군."

굳이 천태의 세력이 없었다고 해도 모든 것을 걸어보려 한 개방은 늦었지만 자신들에게도 기회가 있다고 생각했다.

천태의 그릇에는 개방을 담을 수 있는 충분한 여유가 있다고 절감하고 있는 것이다.

구일환은 천태에게 달려가 무릎을 꿇었다.

쿵!

"어르신!"

"아까 낮에 본 그 청년이군."

"예, 그렇습니다!"

"그래, 이곳까지 나를 찾아온 이유가 무엇인가?"

"저희들을 받아주십시오! 어르신의 그 기백과 그릇에 반해 흠모하게 되었습니다!"

"으음, 나를 흠모하였다?"

"예, 그렇습니다!"

"그렇다면 내가 시키는 일이라면 무엇이든 다 할 수 있겠군."

"물론입니다!"

천태는 구일환에게 한 가지 제약을 걸었다.

"복수를 금지한다."

"……?"

"우리가 원할 때까지 복수를 할 수 없다. 그것이 10년이 될지 100년이 될지는 아마 알 수 없을 것이다. 그래도 하겠나?"

"그, 그것은……."

"나는 복수를 위해 이 험한 길을 걸어온 것이 아니다. 명화방이라는 하나의 울타리를 이루고 그 안에 사는 사람들을 지키기 위해 이 길을 걸었다. 그런데 복수라는 미명 하에 우리 방을 어지럽힌다면 나는 가차 없이 자네들을 내칠 수밖에 없어. 그때는 아마 개방의 장로들은 물론이고 제자들까지 전부 죽을 것이네."

구일환은 말문이 막히고 말았다.

그는 자신의 복수를 위해서 이 먼 여정을 달려왔고 천태 앞에 무릎까지 꿇었다.

그럼에도 불구하고 천태는 복수가 없는 그의 인생을 내어놓으라고 말하고 있다.

그제야 구일환은 천태의 대의가 중원무림에 있지 않다는 것을 깨달았다.

'이 사람은 복수가 아닌 번영을 위해 스스로의 분노를 다스리고 있다. 그에 비하면 우리는…….'

그는 복수 이후의 삶에 대해서 생각해 본 적이 한 번도 없었다.

자신이 그렇게 아끼고 따르던 친형이 죽고 난 이후엔 제정신이 아니라 도무지 사람처럼 살 수가 없었던 것이다.

그러나 그는 자신의 형이 죽어가며 한 말을 똑똑히 들었다.

─일환아, 너는 살아야 한다! 반드시 살아서 이 형이 못 먹고 못 입은 설움을 다 갚아다오!

그는 형의 숨이 끊어질 때까지 하도 소리를 지르고 악을 쓰느라 아무것도 기억하지 못했었다.

하지만 천태라는 사람을 만나고 보니 형이 왜 그런 소리를 했는지 이해가 갔다.

'형은 개방의 번성을 바란 것이지 자신의 복수를 원한 것이 아니었다.'

그제야 그는 자신을 따르고 있는 세 명의 장로가 눈에 들어왔다.

"……."

"구 장로, 이젠 자네가 방주일세. 원하는 대로 하게. 우리는 자네를 따를 뿐이야."

"맞아. 자네에게 목숨을 걸었으니 어찌해도 나는 좋아."

그는 천태에게 머리를 조아렸다.

쿵!

"어르신, 복수는 잊겠습니다! 다만 우리가 정도무림맹을 몰아내고 고향에 평화를 되찾아 줄 수 있는 날을 손꼽아 기다리겠습니다. 그때 형의 복수를 하겠습니다!"

"그래, 알겠네. 그렇다면 방을 위해 복수의 미명을 버리고 식구들을 챙길 수 있겠다는 말인가?"

"물론입니다!"

"좋아, 그렇다면 자네들과 함께 명화방을 같이 꾸려보겠네."

"감사합니다!"

"앞으론 우리 명화방의 눈과 귀가 되어 살아갈 것이며, 거지로 살아가는 제자들을 모두 장사꾼과 보부상으로 거두고 더러는 정보원으로 키워보게나. 할 수 있겠나?"

"명을 따르겠습니다!"

구일환이 무릎을 꿇자 나머지 장로들 역시 머리를 조아렸다.

"방주님, 충성을 다하겠습니다!"

"그래, 우리 함께 방을 잘 이끌어보세나."

이제 녹림과 하오문, 그리고 개방까지 명화방에 합세하여 든든한 세력을 이루게 되었다.

＊　　　＊　　　＊

북해빙궁 지하 서고에 틀어박힌 강진희는 현경의 경지를 이루는 가장 빠른 방법에 대해 연구하고 있었다.

그것은 바로 북해빙궁의 얼음 괴물을 사람과 결합시키는 일이었다.

얼음 괴물은 북해빙궁의 영향력이 미치는 곳에서만 움직일 수 있는데, 그녀는 이것을 개량하여 빙궁 밖에서도 움직일 수 있게 만들었다.

하지만 진석을 괴물의 심장에 단다고 해도 빙궁의 영향력에 의해 움직이던 괴물을 밖에서 움직이자면 북해빙궁의 역할을 해줄 무언가가 필요했다.

그녀는 괴물을 컨트롤할 수 있는 사람이 직접 탑승함으로써 그것을 완성하였다.

—쿠우우우우우!

그녀는 백색 안광을 번쩍이고 있는 얼음 괴물을 바라보았다.

괴물은 대략 높이 5미터의 몸집을 가졌는데, 약간 뭉뚝한 인간의 형태를 지향하고 있었다.

그녀는 괴물의 등에 사람이 탑승할 수 있는 구멍을 만들고 그곳을 향해 사람이 들어가면 괴물과 사람의 신경이 이어지도록 설계하였다.

사람이 얼음 괴물에 탑승하면 손과 발을 자유롭게 사용할 수 있으며 심해나 공중에서도 숨을 쉴 수 있었다.

진기로 발동되는 중화기와 소형 화기, 포탄 등을 탑재할 수 있으며 무공을 사용한다면 현경의 경지를 낼 수 있었다.

다만 아직까지 이것을 움직일 수 있는 한계는 화경이기 때문에 얼음 괴물을 움직일 수 있는 사람의 숫자는 정해져 있었다.

그러나 앞으로 연구를 거듭한다면 충분히 화경의 경지가 아니라도 무공만 사용할 줄 안다면 탑승을 할 수 있을 것이다.

그녀는 얼음 괴물의 심장에 장착된 진석에 진기를 불어넣고 어깨에 난 작은 구멍으로 진기의 생수를 주입시켰다.

꿀렁!

잠시 후, 얼음 괴물의 신경 다발로 진기의 생수가 전달되면서 움직일 준비가 되었다.

그녀는 등에 있는 작은 구멍으로 몸을 쏙 밀어 넣었다.

철컹!

얼음 괴물은 사실 생김새만 얼음 괴물을 닮았지 소재는 모두 티타늄과 다이아몬드였다.

티타늄에 다이아몬드를 혼합하여 만든 뼈대에 강철, 티타늄 합금으로 만든 철판을 덧대어 만들었다.

아마 총탄 세례를 받아도 괴물이 터져서 안에 있는 사람이 죽을 일은 없을 것이다.

그녀는 얼음 괴물의 머리에 해당하는 부분에 얼굴을 내밀었다.

"으음, 숨을 쉬기가 조금 불편하군."

진희가 얼굴을 머리와 일치시키자 어깨를 타고 들어온 진기의 생수가 괴물의 신경 다발을 자극하여 그녀와 결합하도록 만들었다.

푸욱.

"으윽!"

약간의 고통이 이어지는 가운데 그녀와 괴물의 몸이 하나가 되었다.

그녀는 자신이 원하는 대로 괴물을 움직여 보았다.

쿠그그그!

첫 기동이라서 그런지 약간 몸이 굼뜬 감이 있었지만 두 번째 발걸음을 뗐을 때엔 그녀가 전혀 경험해 보지 못한 가벼움이 있었다.

이윽고 그녀는 보법을 전개하였다.

"천마군영보!"

스스스스스!

태하에게서 배운 천마군영보를 전개하자 5미터에 달하는 육중한 몸이 마치 새처럼 날아 북해빙궁 지하실을 빠져나갔다.

쉬이이이익!

그녀는 믿을 수 없을 정도로 빠른 속도로 내달리며 북해빙궁의 대빙전을 지나 대문을 박차고 나갔다.

콰앙!

이윽고 그녀는 임시 표적으로 만들어놓은 바위 덩어리에 사격을 가했다.

위잉, 철컥!

등에 매달려 있던 소총을 집어 든 그녀는 그것을 거침없이 사격하였다.

두두두두두두!

그러자 탄환과 진기가 뒤섞여 바위를 산산조각 내기 시작했다.

서걱, 서걱!

마치 무른 두부처럼 사정없이 뚫리는 바위를 바라보며 그녀는 흡족한 웃음을 지었다.

"후후, 이 정도면 충분하겠어!"

그녀의 두뇌는 무공을 배우면서부터 빠르게 성장하여 이제는 이 세상의 모든 고급 지식을 거의 다 흡수하게 되었다.

의학은 물론이고 공학, 화학, 수학 등 이 세상에 있는 지식은 모두 다 섭렵한 것이다.

그런 그녀의 머리에서 나온 지식과 북해빙궁의 신묘한 진법이 만나 지금의 얼음 괴물을 만들어낸 것이다.

그녀는 이 얼음 괴물에게 새로운 이름을 붙였다.

"천검, 이 로봇은 이제 천검이다."

진희는 스승인 태하의 칭호를 따서 로봇의 이름을 천검이라고 명명했다.

"자, 이제 다시 질주해 보자!"

그녀는 천검을 타고 아주 먼 툰드라지대까지 달려 나갔다.

*　　　　*　　　　*

이른 아침, 북해빙궁 앞에 500명의 병력이 집결하였다.

이들은 전부 전투 경험을 가진 병력이었고, 그 선봉에는 천검을 탄 진희가 서 있었다.

진희는 러시아 남부에 있는 군수공장 지대를 습격하여 그곳에 있는 생산 라인을 북해빙궁으로 가지고 올 작정이다.

현재 북해빙궁은 명화방의 전투 병력에게 지급할 군수물자를 만들어내는 공장의 역할을 하고 있었는데, 아직 천검을 제작할 수 있는 기반은 마련되어 있지 않았다.

그렇기 때문에 그녀는 군수공장 지대에 있는 전차 제조 시설을 타격하여 그 안에 있는 설비를 확보하기로 한 것이다.

그녀는 선봉에 서서 빠르게 진격하기 시작하였다.

"갑시다!"

부르르르릉!

진희를 따라서 병력을 태운 차량들이 일렬로 달려 나가기 시작하였다.

산비탈을 내려가 북해빙궁 전방 10㎞ 앞에 이르자 수많은 악의 시종들이 모습을 드러내기 시작하였다.

─크하아아악!

"이놈들, 죽어라!"

그녀는 길이 3미터의 검을 양손에 쥐고 마치 두부를 자르듯 적들을 베어나가기 시작하였다.

퍼억!

푸하아아아악!

시꺼먼 혈액이 사방으로 튀어 번지며 검은 선혈의 계곡이 만들어지기 시작했다.

전투 병력은 차에 올라탄 채 전방으로 마구 총탄을 갈겨댔다.

두두두두두두!

악의 시종들은 마치 종잇장처럼 넘어가며 시체의 물결을 자아내었고, 진희는 그것을 짓이기며 차량이 안전하게 지나갈 수 있는 길을 만들어주었다.

그녀의 값진 활약에 탄력을 받은 병력들은 더욱 힘을 내어 사격하였고, 공장 지대로 가는 고속도로에 안착할 수 있었다.

워낙 한적하던 길목이기에 차량의 숫자는 그리 많지 않았지만 악의 시종들은 역시 사방에서 튀어나와 길을 막았다.

─끼헤에에엑!

"빌어먹을 자식들, 길을 막지 마라!"

잠시 후, 그녀의 허벅지에 달린 철주머니에서 길이 50㎝의 회선침이 튀어나와 만천화우를 전개했다.

"만천화우!"

촤라라라라락!

거대한 침의 머리는 아주 날카롭게 벼려져 있었는데, 그 머리가 티타늄으로 되어 있어 날이 무뎌지지 않았다.

만천화우가 시체의 강을 만들자, 그녀의 뒤를 따르면 대형 불도저가 시체를 깔끔하게 밀어냈다.

쿠그그그그그!

장사진으로 늘어선 병력은 그녀와 불도저의 활약 덕분에

시속 100㎞를 유지할 수 있었다.

부아아아아아앙!

거의 마구잡이식으로 악의 시종들을 해치우면서 달려 나가니 러시아 남부의 공장 지대까진 단 네 시간 만에 닿을 수 있었다.

이제 그녀는 공장 지대가 보이는 곳에 자리를 잡고 잠시 전열을 가다듬기로 했다.

"모두 하차!"

"하차!"

500명의 병력이 하차하여 그녀의 명을 받아 진격할 준비를 서둘렀다.

―우어어어!

전방에선 악의 시종들의 울음소리가 들려오고 있었다.

"꽤 숫자가 많겠는데?"

"박사님, 저놈들을 다 쓸어버리고 공장 지대를 점령할 수 있을까요?"

"물론입니다. 천검을 믿어보세요."

현경의 경지에 이른 그녀의 천검은 푸른색 호신강기를 만들어냈다.

스스스스스!

"제가 방패 역할을 하겠습니다. 여러분은 그 뒤로 바짝 붙어서 따라오셔야 합니다. 저 안에는 얼마나 많은 악의 시종들이 있을지 아무도 몰라요."

"예, 잘 알겠습니다."

이윽고 그녀는 다시 보법을 전개하기 시작했다.

파밧!

그녀가 아주 천천히 보법을 밟자, 전투 병력은 그 뒤를 기민하게 따르기 시작했다.

잠시 후, 공장 지대 울타리 앞에 도착한 그녀는 인상을 와락 찌푸렸다.

—크헤에에에엑!

"…아무리 적게 잡아도 5천은 되겠군."

"500으로 5천의 악의 시종을 잡으려면 꽤 어려운 여정이 되겠는데요?"

"그래도 해내야 합니다. 지금 남극의 전진기지에선 2천 명의 병력이 하루에 수만의 악의 시종을 막아내고 있어요. 이 정도면 애교입니다."

"후우! 좋습니다! 가시죠!"

"자, 그럼 돌입합니다!"

그녀가 먼저 울타리를 파괴하며 돌입하자, 전투 병력이 그 뒤를 아주 용감하게 따르기 시작했다.

콰앙!

"와아아아아!"

함성과 굉음에 정신을 빼앗긴 악의 시종들이 달려들자, 그녀는 마치 신들린 사람처럼 마구잡이로 적을 베어나가기 시작했다.

"죽어라!"

서걱, 서걱!

그녀의 뒤를 따르는 무장 병력 역시 자신들의 내력을 한껏 실어 총탄을 날렸다.

두두두두두두두!

파괴력이 좋은 5.56㎜ 탄환에 내력까지 실으니 엄청난 관통력이 생겨났다.

퍼어억!

―끄웨엑!

한 발에 5~6마리가량의 악의 시종이 죽어나가니 5천 마리의 악의 시종을 없애는 것도 그리 큰 문제는 아닐 것으로 보였다.

생각보다 강력해진 병력은 한껏 용기를 얻어 진군하였다.

"돌격!"

"와아아아아아!"

이날 그녀가 이끄는 병력은 부상자 없이 러시아 남부 군수 공장 지대를 점령하였다.

　　　　*　　　　*　　　　*

　늦은 밤, 남궁세가의 장원으로 복면인 네 명이 날아들었다.

　그들은 남궁정윤에게 자신들이 북쪽으로 간 목적을 달성했음을 고하였다.

　"용모파기와 같이 생긴 일가족을 몰살시켰습니다."

　"수급은 어디에 있나?"

　"집을 불태워 백골이 가루가 되었습니다. 하지만 그들이 지니고 있던 물건은 유품으로 가지고 왔습니다."

　"물건?"

　"금강석 두 개를 더 지니고 있더군요."

　"흠……."

　가만히 금강석을 바라보던 남궁정윤이 의구심을 강하게 표출하였다.

　"좋아, 그건 그렇다고 치고, 이놈들이 죽었다는 것을 증명할 수 있는 수단이 또 있나?"

　"증인이 있습니다."

　"증인?"

　"뭐, 그들이 직접 증언을 할지는 모르겠습니다만, 개방의 제자들과 하오문의 수행원들이 그곳까지 따라왔더군요."

"그놈들이 무슨 냄새를 맡은 것이지?"

"거기까진 소인들도 잘 모르겠습니다. 하지만 그놈들이 누구인지 제가 알고 있으니 직접 확인을 해보심이 어떠십니까?"

남궁정윤은 그들의 제안을 받아들이기로 했다.

"좋다, 그놈들의 이름과 용모파기를 작성하고 돌아가라."

"예, 대형."

그는 복면인들에게 금자 한 상자를 건넸다.

"적은 돈이 아니다. 어지간하면 그대들이 이 일에 나섰다는 것을 발설하지 말았으면 한다."

"물론입니다."

복면인들이 돌아가고 나자 그는 집사에게 용모파기를 전달했다.

"이것을 가지고 증인들을 찾아오라."

"예, 가주님."

민심을 흉흉하게 만들던 주범이 사라졌으니 이제 그가 사건을 조작한다면 얼마든지 민심은 다시 돌아올 것이 분명했다.

그는 제갈세가의 재원을 한 명 섭외하였다.

"들어오시게."

"예, 가주님."

제갈세가의 둘째 딸인 제갈미현은 정도무림맹에서 맹주의 책사의 역할을 맡고 있을 정도로 두뇌가 뛰어났다.

그는 제갈미현에게 판을 짜도록 지시하였다.

"알다시피 우리 남궁세가가 지금 곤경에 처하였다. 이를 처리해 주실 수 있겠나?"

"물론입니다. 다만 제가 궁에 드나들 수 있도록 힘을 써주십시오."

"관직을 달라는 것인가?"

"여자가 관직을 받을 수는 없으니 제 오라비가 대신 드나들 수 있게 해주십시오."

남궁정윤은 그녀가 오라비의 출세를 위하여 이러한 요구를 한 것임을 어렵지 않게 알 수 있었다.

아마 그녀는 남궁정윤이 이러한 생각을 할 것임을 이미 잘 알고 있었을 터였다.

"후후, 그런 요구를 했다가 내 마음이 변심하여 자네를 좌천시키면 어쩔 것인가?"

"그럼 할 수 없지요. 저희 남매의 운이 거기까지인 것이니 말입니다."

그는 호탕하게 웃었다.

"하하하! 좋다! 그 배짱이 마음에 들었노라!"

남궁정윤은 그녀에게 넌지시 혼사에 대한 얘기를 꺼냈다.

"난 자네가 참으로 마음에 든다. 앞으로 내 곁에서 함께 장원을 꾸려가는 것은 어떠하겠나?"

"대형께선 영웅호걸입니다만, 저는 남자를 가까이 하지 않습니다."

"남자와 호걸은 다르다."

"알고 있습니다. 외람된 말씀입니다만 저는 남자를 싫어합니다."

그제야 그는 그녀가 결혼에 관심이 없다는 것을 눈치챘다.

"아아, 그런 것인가?"

"예, 대형."

"그래, 잘 알겠네. 자네의 뜻은 잘 알았으니 일이나 잘 처리해 주게. 자네의 오라비에겐 적당한 관직을 하나 내리겠네."

"감사합니다."

그녀가 돌아간 후 그는 씁쓸한 표정으로 입맛을 다셨다.

"여자라고 다 같은 여자가 아니고 미모만으로 백년 배필이될 수는 없는 것인데… 아쉽군."

남궁정윤은 자신의 휘하에 제갈세가의 둘째 아들을 끌어들여 심복으로 삼기로 했다.

*　　　　*　　　　*

북경을 떠난 지 석 달째, 태하 일행은 드디어 레나강 중부에 이를 수 있었다.

무척이나 고된 여정이었으나 일행은 지친 기색 하나 없이 북해빙궁을 바라보고 있었다.

격전지이던 북해빙궁은 여전히 비릿한 피 냄새가 진동하고 있었으며, 그 입구는 이미 폭약 때문에 한차례 주저앉은 이후였다.

"이곳에서 무림맹과 북해빙궁의 처절한 사투가 벌어진 것이군."

"예, 그렇습니다."

"……."

천태는 자신이 폐관 수련에 들어갔기 때문에 이와 같은 상황이 벌어졌다고 자책하였다.

"…만약 내가 폐관 수련이 들어가지 않았어도 이러한 일이 벌어졌을까?"

"역사는 사람의 힘으로 바꿀 수 없는 것입니다. 어르신께서 폐관 수련이 들어간 것도 역사의 소용돌이 안에서 벌어진 일입니다. 운명이라고 생각하십시오."

"그래……."

태하는 꽉 막혀 있는 북해빙궁의 입구를 장력을 이용하여 뚫어냈다.

"마권장!"

콰앙!

원래 이곳의 입구는 태하가 비행기를 타고 추락하면서 드러난 것이기 때문에 폭열장이 없으면 열 수가 없다.

그의 장이 닿자 북해빙궁의 붉은 빙판이 그 모습을 드러냈다.

휘이이이이잉!

태하는 익숙한 냄새에 기분이 오묘해지는 것을 느꼈다.

"제가 처음 이곳에서 기연을 만났습니다. 그때의 저는 친척의 배신으로 인해 목숨을 잃을 뻔했지요. 그때 저를 살려준 것이 바로 사부님입니다."

"역설적으로 본다면 하랑은 자네를 구함으로써 스스로를 구한 것이기도 하지. 그렇지 않나?"

"으음, 그것도 아주 틀린 말은 아닌 것 같습니다."

"아무튼 내려가 보세."

"예, 어르신."

태하는 일행을 데리고 대문을 지나 대빙전으로 들어섰다.

그는 대빙전 아래에 있는 작은 구멍을 손으로 가리키며 말했다.

"이 아래로 뜨거운 온천수가 흐릅니다. 이곳은 지하까지 이어져 수많은 정파 고수들이 잠든 그곳까지 이어지지요."

"그렇군."

태하는 가장 먼저 구멍 안으로 몸을 던졌다.

풍덩!

이곳을 통하여 들어가면 천하랑이 잠들어 있는 만년빙전과 곧장 연결된다.

태하는 꽤 높이 차올라 있는 온천수를 타고 대략 5분쯤 들어가 만년빙전의 복도에 들어섰다.

─어르신, 이곳입니다.

─…시신들이 어지럽게 떠다니고 있군. 내 아들은 이곳에서 자신의 여자를 지키기 위해 망부석이 된 것인가?

─예, 그렇습니다.

태하는 만년빙전의 끝까지 헤엄을 치고 들어가 그곳에서 좌선한 채 잠들어 있는 천하랑을 찾아냈다.

우우우우웅!

아직도 건곤대나이의 심결이 그를 지탱해 주고 있어 주변에 붉은 진기의 장벽을 만들어내고 있었다.

천하랑의 몸은 누군가 깨워주기 전까지는 동면 상태에 접어들어 있을 것이다.

태하는 천태를 천하랑이 있는 곳까지 인도해 주었다.

─어르신, 깨우시지요.

─고맙네.

그는 아들의 몸에 손을 얹었고, 천하랑은 정신일도 하사불성으로 버티던 좌선에서 깨어났다.

꿀렁!

─아, 아버지?!

—…그래, 아비다. 고생 많았구나. 일단 나가자.

태하는 천하랑의 뒤에 있는 빙벽에 손을 가져다 댄 후 그것을 건곤대나이로 녹여 버렸다.

퍼엉!

그러자 만년빙전을 가득 채우고 있던 물이 빠지면서 일행이 숨을 쉴 수 있게 되었다.

천하랑은 아버지를 보자마자 안심했다는 듯 눈을 감았다.

"아버지……."

"그래, 충분히 쉬어라."

천태는 아들을 등에 업고 만년빙전을 빠져나갔다.

*　　　　*　　　　*

천태는 한차례의 운기로 정신을 차린 아들과 함께 태하에게 깊이 고개를 숙였다.

"고맙네. 자네가 아니었으면 우리 부자는 평생 만나지도 못하고 죽을 뻔했어."

"아닙니다. 저는 할 일을 했을 뿐입니다. 그리고 제자가 되어 스승을 구하지 않는 것은 엄청난 불효가 아니겠습니까?"

"그건 그렇지."

천하랑은 태하와 같은 자연경의 고수를 자신이 키워냈다는 것을 도저히 믿을 수가 없었다.

"…내가 자네와 같은 대단한 제자를 거두었다니, 상상도 하지 못했어."

"600년을 거슬러 올라와 저를 만났습니다. 대단한 것은 사부님이지요."

"후후, 그런가?"

이제 천태와 천하랑 부자는 태하의 말을 믿지 않을 수가 없었다.

천태는 북해빙궁에서 설화령만 구해서 이곳을 나가자고 제안했다.

"내 며느리가 이곳에 잠들어 있다고 하지 않았는가?"

"예, 그렇습니다. 안 그래도 설 사부님을 구하기 위해 이곳을 찾아온 겁니다. 저는 두 부부를 사부로 모시고 무공을 배웠기 때문에 천 사부님을 구하려 할 때 이미 설 사부님을 구하기로 마음먹었습니다."

"그렇군."

그는 천검진에서 한빙검을 뽑아냈다.

스르르르릉!

쐐애애애앵!

엄청난 냉기를 뿜어내는 한빙검을 본 천하랑은 화들짝 놀라 물었다.

"하, 한빙검! 정말로 이것을 가지고 있었군!"

"예, 그렇습니다. 설 사부님께서 저에게 주신 것입니다."

"그래……."

"이제 이것을 다시 제자리에 가져다 놓고 사부님을 구할 것입니다. 앞으로 두 분께선 백년해로하실 수 있겠네요."

천하랑은 눈물을 글썽거렸다.

"…고맙네. 다시는 내 아내를 볼 수 없다고 생각했어."

"저는 혼자서 살아남은 것이 너무 죄송스러워서 잠을 못 잔 적이 많습니다. 이젠 두 발 뻗고 자겠군요."

그는 태하에게 깊이 고개를 숙였다.

"정말 고마워!"

"아닙니다, 사부님. 사부가 제자에게 고개를 숙이는 경우가 어디에 있습니까?"

"사부라고 제자에게 고마운 경우가 없겠나?"

"그렇긴 하지만……."

"앞으로 나는 죽을 때까지 자네를 돕겠네. 그래도 되겠나?"

"감사합니다, 사부님."

태하는 일행에게 앞으로의 일에 대해 설명해 주었다.

"사실 제가 미래에서 온 것은 누군가의 기억을 지우기 위함입니다."

"기억이라?"

그는 카미엘에 대한 얘기해 주었고, 일행은 그제야 고개를 끄덕였다.

"그래, 그런 사연이 있던 것이군."

"그러니 앞으로 여러분의 도움이 절실히 필요합니다."

"걱정하지 말게. 우리 명화방이 자네를 보필할 것이니."

"감사합니다!"

이제 태하는 설화령을 구하기 위해 길을 떠나기로 했다.

"가시죠. 아마 어르신의 공력이라면 어렵지 않게 이곳을 지 날 수 있을 겁니다."

"그래, 가세나."

일행은 지하 서고로 향했다.

* * *

어두운 하늘의 끝, 이곳에서부터 차원의 틈이 분열하고 있다.

치지지지지직!

유그라드 대륙의 패왕 카츠리어트가 남긴 상처는 이곳 지 구에까지 영향을 미치고 있었다.

끝도 없이 분화하던 차원의 틈이 드디어 벌어져 이계의 기 운을 뿜어냈다.

솨아아아아아!

앞으로 몇 년 후면 이곳에 포탈이 열리게 될 것이다.

그런 하늘을 가만히 바라보는 이가 있다.

"…뭔가 일렁이는 것 같은데?"

이제 13살의 소녀 일레이나는 새까만 눈동자를 이리저리 굴리며 차원의 왜곡 현상을 바라보고 있었다.

그러다 문득 그녀는 이계의 정수가 내뿜은 정기를 맞고 쓰러져 버렸다.

빠-직!

"으윽!"

그녀의 눈동자는 이제 레몬색으로 물들었고, 머리색은 보라색으로 변하였다.

우우우웅!

일레이나의 몸에선 푸른색 마기가 뿜어져 나오고 있었고, 이것은 주변의 돌부리가 뽑혀 올라갈 정도로 강력했다.

"이, 이게 무슨 일이야?"

평범한 목동 소녀 일레이나는 마법이라는 엄청난 능력을 얻게 된 것이다.

외전. 제국의 시작

　유그라드 대륙의 패자이던 칼리어스의 초대 황제이자 최고
의 싸움꾼 카츠리어트는 원래 미트리트 왕국의 타모에 자작
령, 그러니까 지금의 황도 테레니아에서 태어난 목동이었다.

　영주의 아들을 대신하여 전쟁에 참전하기 전까진 평범한
목동으로 살았지만 전쟁이 발발하자 감춰져 있던 그의 신분
이 드러나게 되었다.

　그는 전쟁 영웅 가르시아의 서자로서 집안의 권력 다툼을
피해 목동으로 위장하며 살아온 것이었다.

　어찌 보면 운이 없었다고도 볼 수 있으나, 그가 전쟁에서 세

운 공을 생각하면 오히려 전화위복이 되었다고 볼 수도 있었다.

그의 무위는 21세를 기점으로 전환점을 맞이하게 되는데, 오랜 전쟁을 통하여 진정한 무인으로 거듭나게 된 것이다.

하지만 21세를 기점으로 껑충 뛰어오른 그의 무위에 대한 의견은 아직도 분분했다.

사람들은 그가 무언가 대단한 기연을 얻었을 것이라고 생각했다. 아무리 생각해 봐도 그의 행적은 인간이라곤 전혀 생각되지 않았기 때문이다.

가장 대표적인 것이 혼자서 무려 500명의 적을 베어낸 베델 산 전투이고, 그다음으론 베리트 협곡에서 부하 20명을 데리고 5천의 적을 막아낸 베리트 협국 대전투가 있다.

당시의 사가들이 부풀리기를 좋아했다곤 해도 이 기록은 제국의 전신인 미트리트 왕국의 주변국에서도 심심치 않게 나타나곤 했다.

지금도 그의 무위에 대한 기록은 정설로 내려져 오고 있지만 그 진위 여부에 대해서 정확하게 알 수 있는 사람은 아델 본인뿐일 것이다.

—칼리어스 초대 황제 카츠리어트 대제 일대기 중에서.

미트리트 왕국의 타모에.

산으로 둘러싸인 타모에는 예로부터 양모가 유명한 곳이다.

교통수단이 변변치 않아서 생활수준은 형편없었지만 주변에서 가장 인심 좋기로 소문난 곳이다.

이런 타모에 지방에서도 가장 구석에 있는 비들이라는 마을은 일 년에 외지인 한 번 구경하기가 힘들 정도로 오지이다.

휘이이익!

"휘이, 휘이!"

피리를 목에 건 소년 하나가 양을 치고 있다.

이제 약 16세나 되었을 법한 소년은 익숙한 솜씨로 양들을 닦달했다.

"어서 들어가서 밥 먹자! 휘이, 휘이!"

얼굴에 꾀죄죄한 땟물이 흐르는 것이 한 며칠은 씻지 않은 것 같다.

엊그제 양을 치던 개 두 마리가 쌍으로 없어져 혼자의 힘으로는 벅차던 터라 잠도 못 자고 양을 돌본 탓이다.

"이 두 개 연놈들, 잡히기만 해봐라!"

강아지 때부터 직접 우유를 먹여서 길러놨더니 고작 한다는 것이 배신이었다.

이를 바득바득 갈며 양을 치다 보니 어느새 해가 뉘엿뉘엿 지고 있다.

"저게 또 저러고 있네."

항상 같은 자리에 같은 자세로 누워 떡하니 버티고 목책 안으로 들어오지 않는 녀석이다.

"너도 도망가고 싶냐? 어서 안 일어나?!"

버럭 화를 내는 소년과 눈이 마주친 양이 후다닥 목책 안으로 뛰어들어 간다.

모든 양이 목책 안으로 들어간 것을 확인한 소년은 그제야 안심하며 아름드리나무에 기대어 앉았다.

"휴우, 어서 개를 한 마리 사오던가 해야지, 이거 힘들어서 못해먹겠네."

일을 모두 마치고 혼자서 저녁을 먹으려던 바로 그때였다.

드드드드드.

가만히 앉아 있던 소년의 엉덩이에 진동이 느껴진다.

"지, 지진?!"

잔뜩 겁을 먹은 양들은 난리 법석을 떨며 뛰어다니고 소년은 눈을 동그랗게 떴다.

이윽고 그의 눈에 지진보다 더 무서운 광경이 펼쳐졌다.

두구! 두구!

"저놈인 것 같다! 잡아와라!"

풀 플레이트 메일을 입은 기사가 기병들을 이끌고 목장으로 들이닥친 것이다.

서슬 퍼런 검을 양쪽에 둘러멘 병사 하나가 소년에게 다가왔다.

"네가 아델이냐?"

소년은 인상을 구기며 고개를 끄덕였다.

"그, 그런데요."

병사는 고개를 돌려 일행에게 소리쳤다.

"찾았다!"

말을 마친 병사는 다짜고짜 손에 밧줄을 감기 시작했다.

식겁한 아델이 몸부림을 쳤다.

"자, 잠시만요! 제가 뭘 잘못했다고 그래요?!"

자신의 어깨에도 미치지 못하는 소년의 반항을 가만히 지켜볼 리 없는 병사가 왼쪽에 매달린 검을 뽑아 들었다.

"일단 가면 알 일이다. 닥치지 않으면 오장육부를 다 들어내어 늑대 밥으로 줄 테다!"

뭔가 큰일이 벌어진 것이 분명했다.

어쩔 수 없이 포박을 당한 소년은 가까스로 고개를 끄덕였다.

이윽고 병사들은 그를 말에 태워 어디론가 달리기 시작했다.

＊　　　　＊　　　　＊

밧줄에 묶인 아델은 황당한 소리를 들었다.

이번 대륙 전쟁에 참전하지 않으면 목장이고 헛간이고 모두 불태우고 노예로 팔아먹겠다는 것이다.

미트리트는 유독 전쟁이 많이 일어난 국가인데, 하도 영주들이 전장에서 죽어나가는 바람에 가끔 이렇게 영주의 아들 대신 군복을 입는 경우가 생겼다.

지금 아델의 눈앞에 펼쳐진 광경이 딱 그 짝이었다.

"어떻게 하겠느냐? 죽을 테냐, 참전을 할 테냐?"

갑자기 끌고 와 죽고 싶으냐고 묻는데, 아델은 어처구니가 없었다.

과연 지금 그가 선택을 하고 말고가 의미가 있을까 싶지만, 아델은 나름대로 머리를 굴렸다.

전쟁에 나가서 죽느냐, 이곳에서 참수를 당하느냐 계산을 해보았다.

그러나 역시 답은 하나뿐이었다.

영주의 옆에는 아델 또래의 아들이 앉아 있다.

얼핏 보면 정말 많이 닮아서 모르는 사람더러 구별하라고 하면 몇 초는 헷갈릴 정도이다.

밧줄에 꽁꽁 묶여 있는 아델과는 다르게 영주의 아들은 편안한 의자에 앉아 그를 내려다보고 있었다.

'빌어먹을. 부모 없는 자식이라고 차이가 너무 나네.'

오늘처럼 태어난 자체를 부정하고 싶은 적이 없었다.

아델은 한숨을 푹 내쉬었다.

"알겠습니다. 제가 참전하겠습니다."

영주는 무거운 미소를 지었다.

"좋다, 너는 내일 아침 갑주를 입고 나와 함께 출전한다. 준비하라."

병사들에 의해서 풀려난 아델은 한 가지 생각을 해냈다.

자신이 이 전쟁에서 건질 수 있는 것이 과연 어떤 것이 있을까?

이윽고 아델은 군건하게 결심한 눈으로 무릎을 턱 꿇었다.

"한 가지 청이 있습니다."

전형적인 무장의 인상을 한 영주가 다시 자리에 앉았다.

"무엇이냐?"

"이번 전쟁에서 벌어들이는 장교로서의 수입은 전액 제가 가졌으면 합니다. 물론 살았을 때의 얘기입니다만."

아델의 발언을 들은 가신들이 버럭 화를 냈다.

"지금 어느 안전이라고 아무렇게나 혀를 놀리는 것이냐?!"

가만히 앉아 아델을 바라보던 영주는 흔쾌히 고개를 끄덕였다.

"좋다, 네 기개를 높이 산다."

"주군!"

가신들을 제지한 영주가 한 가지 더 조건을 걸었다.

"녹봉은 물론이고 전리품까지 모두 네가 가져라. 그리고 전쟁이 끝나면 영지를 벗어나 다른 곳에 정착해도 무방하다."

불편한 표정의 가신들을 뒤로하고 아델은 깊이 고개를 숙였다.

"감사합니다!"

말을 마친 영주가 자리에서 일어나며 재미있다는 듯 고개를 갸웃거렸다.

그러고는 아델을 향해서 고개를 돌렸다.

"잠깐."

"예?"

과연 또 무언가 남았을까?

조금은 불안한 눈으로 자신을 바라보는 아델에게 영주가 살짝 미소를 지었다.

"내 궁금한 것이 있다."

"하명하십시오."

"너는 그 돈으로 과연 무엇이 하고 싶은 것이냐?"

바닥에 납작 엎드린 아델은 지체 없이 대답했다.

"행상을 꾸려서 돈을 불리고 싶습니다."

"행상… 무역을 하고 싶다는 것이냐?"

"그렇습니다."

"꼭 살아남아야겠구나."

아델은 묵묵히 고개를 끄덕였다.

영주는 피식 웃더니 등을 돌렸다.

"내일이 출정이니 배부르게 먹어두어라."

"감사합니다!"

병사들에 의해서 일으켜진 아델은 영주의 아들과 눈이 마주쳤다.

그는 아델을 보며 비릿한 미소를 지었다.

하지만 그는 오히려 깊이 고개를 숙였다.

"만수무강하십시오, 공자님!"

실소를 흘린 공자는 고개를 저으며 아버지를 따랐다.

*   *   *

타모에 영지의 상징인 물소 문양이 박힌 갑옷을 입은 아델은 입을 꾹 다물고 말에 올랐다.

사실 말을 타는 법도 어제 배운 터라 전장에서 제대로 전투를 벌일 수 있을지도 의문이다.

은빛 갑주를 입은 영주의 주변으로 그의 가족들이 모여들었다.

"부디 강녕하시어요."

눈물을 글썽이는 아내에게 묵묵히 고개를 끄덕인 영주가

아들에게 검을 한 자루 건넸다.

"유사시에는 네가 영주다. 영지민을 잘 돌보거라. 알겠느냐?"

"알겠습니다, 아버님."

딸들에게는 그저 살며시 미소를 보낸 영주가 말 머리를 돌렸다.

"출병한다!"

뿌우―

물소의 뿔로 만든 나팔 소리가 길게 울려 퍼지며 군대가 출발함을 알렸다.

행렬의 두 번째 줄에 선 아델도 어색한 솜씨로 말을 몰았다.

"이, 이랴!"

다행히 몇 번인가 방목을 하는 것을 본 터라 말이 생각보다 아델을 잘 따랐다.

천천히 이동하는 아델에게 한 소녀가 달려왔다.

"아델!"

"세라?"

세라는 그가 어린 시절 함께 양치는 법을 배운 옆 동네의 목동 소녀이다.

아마 그녀도 소식을 들은 모양이다.

두 사람은 아주 오래전부터 알고 지내왔고, 언젠가부터 그녀가 아델의 생활 속에 깊숙이 자리 잡고 있었다.

그녀가 아델을 바라보았다. 하지만 그는 쉽사리 입을 뗄 수가 없었다.

"…돌아올 거지?"

"……"

그는 지금 참전하는 입장이기 때문에, 전장에서 살아올 수 있는 가능성이 낮다. 그럼에도 아델은 한숨을 푹 내쉬며 자신의 목걸이에 걸려 있는 반지를 세라에게 건넸다.

세라를 어렴풋이 좋아하기 때문이다.

"우리 엄마 거야. 네가 가지고 있어."

반지를 받은 세라는 희미하게 미소를 지었다.

"나 주는 거야?"

그는 아무 말 없이 고개를 끄덕였다.

이제는 정말 가려는지 속력을 올리려는 아델에게 세라가 뭔가를 건넸다.

"이거 가지고 꼭 돌아와야 돼. 알겠지?"

아주 조그만 루비가 박힌 목걸이다.

목걸이를 손에 쥔 아델이 고개를 끄덕였다.

"전쟁이 끝나면… 맛있는 것 사줄게."

"정말이지? 반드시 돌아올 거지?"

아델은 말의 안장을 잡고 몸을 숙여 그녀의 어깨에 손을 올렸다.

"다녀올게."

그러고는 속력을 올려 대열에 합류했다.

세라는 멀어지는 아델을 보며 계속 손을 흔들었다.

"꼭 돌아와야 돼! 꼭이야!"

그의 나이 16세, 아델은 고향을 등졌다.

＊　　　＊　　　＊

연합군과 파르서스 군이 전면전을 벌인 지 어언 5년이 지났다.

16세에 고향을 떠나온 아델은 꿋꿋하게 살아남아 올해로 21세가 되었다.

좁고 연약하던 어깨는 일반적인 여성 두 명을 합쳐도 모자랄 만큼 떡 벌어졌고, 땟물이 좔좔 흐르던 얼굴에는 크고 작은 상처들이 자리 잡고 있다.

어리고 풋풋하던 그는 이제 다부진 군인이 된 것이다.

뚝뚝뚝.

8월의 하늘, 추적추적 비가 내리고 있다.

둥둥둥!

거대한 북소리가 울려 퍼지며 적의 진격이 눈앞임을 알렸다.

아니나 다를까, 붉은색 깃발을 든 행렬이 아델의 눈앞으로 밀려들고 있다.

그의 부관인 아치가 경직된 얼굴로 말했다.

"백부장님, 이번 전투만 끝나면 정말 집으로 돌아갈 수 있습니까?"

국가의 모든 병력을 모아 군을 재편성했을 때 아델은 십부장이었다.

그러나 이제 세월이 흘러 그는 백부장으로 진급했다.

아델은 검은색 투구를 눌러쓰며 부하들을 바라보았다.

"살아남으면 언제든지 고향으로 갈 수 있다."

이번 전투는 10만 대 10만의 대규모 전투, 이번 전투를 계기로 전쟁의 승패가 갈릴 것으로 점치고 있었다.

끝도 없이 밀려드는 파르서스의 군대를 보며 아델은 낮게 읊조렸다.

"전투 준비를 한다."

"전투 준비!"

최전방의 선두에 선 아델은 부관에게 명령을 하달했다.

"장비를 확인하라!"

거대한 사각 방패를 든 아델의 중대는 대열의 최선봉에 서서 적의 화살을 막아내며 돌격하는 역할을 한다.

언제나 그랬듯이 아델은 입에 한가득 밀가루 반죽을 베어 물었다.

기마대가 돌격하면 그 충격은 상상을 초월하기 때문에 이빨이나 혀가 상하지 않게 하기 위함이다.

두구두구두구!

대지가 진동하며 육중한 덩치의 전투마들이 빗물을 튀며 전력 질주를 하고 있다.

이빨에 단단히 반죽을 고정시킨 아델은 방패를 쥔 손에 힘을 주었다.

항상 그렇지만 이 순간만 되면 등에서 식은땀이 사정없이 흐른다.

이윽고 기마병이 눈앞에 도달했다.

"방어진!"

척척!

"이 열, 장창 준비!"

챙!

장창의 끝이 뾰족한 쐐기로 된 미트리트의 창은 기마전에 적합하게 개량되었다.

아델의 방패 사이로 거대한 장창이 고정되어 대가리를 내밀었다.

"긴장해라! 온다!"

눈을 부릅뜬 아델의 지척까지 기마병이 달려왔다.

그는 이를 악물었다.

"무조건 버텨라!"

일 초, 이 초, 그리고 드디어 격돌.

퍼억!

"커헉!"

아델의 바로 옆에 서 있던 부하 한 명이 충격을 이기지 못하고 뒤로 고꾸라졌다.

그러자 기마병들이 그의 시체를 밟고 지나가 내장이 여기저기로 튀었다.

하지만 아델은 끝까지 위치를 고수했다.

"빠져나간 기마병은 어쩔 수 없다! 위치를 고수해라!"

단단히 버텨 선 병사들의 장창을 본 적 선두 열의 말이 놀라서 눈을 동그랗게 떴다.

이힝힝!

장창에 놀란 기마가 기겁하며 발굽을 들어 올리자 아델은 옆구리에서 숏소드를 꺼냈다.

그러고는 검을 거꾸로 잡고 전방으로 집어 던졌다.

슈욱!

이힝힝힝!

선두의 기병이 낙마하자 그다음 열의 말이 엉켜 넘어지며 대열이 무너져 내렸다.

아델은 등에 매달고 있던 창을 꺼내며 외쳤다.

"대열 유지! 전진한다!"

척척!

"하나, 둘! 하나, 둘!"

부관들의 구령에 맞추어 진격하는 보병들의 뒤로 화살이 날아간다.

슝슝슝!

퍽퍽퍽!

"커헉!"

여기저기에 피가 튀며 적 보병들이 대열이 흩뜨려졌다.

이윽고 아델의 진영에도 화살이 날아온다.

슝슝슝!

"화살 방어진!"

팅팅팅!

대부분의 화살은 방패를 뚫지 못하고 튕겨져 나갔지만, 모든 화살을 막아내지는 못한다.

사각!

"커헉!"

하필이면 방패를 잡고 있던 아델의 어깨를 스친 화살이 부관 아치의 목젖을 정확히 꿰뚫었다.

그러나 아델은 그의 시신을 뒤로하고 전진을 계속했다.

전장에서는 쓸데없는 감성을 가질 여유가 없었다.

"계속해서 전진한다! 끝까지 밀어라!"

이제 기병들이 지나가고 돌격을 할 만한 전황이 되었다.

그는 이미 흐물흐물한 밀가루 반죽을 뱉어내고 다시 소리쳤다.

"돌격!"

"와아아아아아!"

함성을 지르며 아델의 중대가 적진으로 돌격하는 바로 그때였다.

두구두구두구!

자동적으로 아치의 부관에서 아델의 부관이 된 카엘이 목이 터져라 외쳤다.

"측면 공격입니다!"

"뭐, 뭐라고?!"

그의 말에 따라 옆을 돌아보니 적 기마부대가 우회하여 기습을 하고 있었다.

정면을 바라보고 달리던 아델의 부대는 기마대의 측면 돌파를 허용하고 말았다.

"빌어먹을!"

이를 악물고 방향을 전환해 봤으나 헛수고였다.

"죽어라!"

"젠장!"

대열의 선봉에 서 있던 아델의 눈에 불이 번쩍인다.

쾅!

"컥!"

기마병과 정면으로 부딪친 아델의 몸이 공중으로 높이 떠올랐다.

"백부장님!"

순간, 얼굴에 시원하고 청량한 빗물이 뚫고 들어오는 듯한 느낌이 들었다.

그리고 이제까지 그가 유일하게 사귄 친구이자 첫사랑 그녀의 얼굴이 뇌리를 스친다.

'빌어먹을……'

높게 떠오른 그의 몸이 다시 대지로 떨어지면서 그는 의식을 잃고 말았다.

*   *   *

삐이—

흐려지는 시야를 다잡으려 애를 쓰는 아델의 귀에 길고 긴 이명이 울린다.

이윽고 온통 암흑뿐이던 시야가 밝아지며 고향의 목장이 보인다.

정확히 20마리의 양이 한가로이 풀을 뜯고 있다.

반가운 마음에 목장으로 달려가니 세라가 손을 흔들며 서 있다.

갑옷이며 무기들을 모두 집어 던지고 달려가 세라를 품에 안았다.

어린 시절 어머니의 향기가 그녀에게서 난다.

그러나 그 행복한 순간은 얼마 가지 않았다.

손에 그녀가 없다.

'세라!'

주변을 둘러보니 양들은 온데간데없고 온통 시체들이 뒹구는 전장이다.

어느새 그의 손에는 피딱지가 덕지덕지 붙은 창이 한 자루 쥐어져 있다.

그리고 전방에 정면을 향해 뛰어가는 한 여인이 보인다.

가녀린 허리와 검은색 머리카락, 세라다.

'세라! 거기 서, 세라!'

하지만 그녀는 돌아설 생각을 하지 않는다.

이윽고 그녀의 측면으로 기병들이 몰려온다.

이를 악문 아델이 몸을 날렸으나 역부족이다.

퍼억!

'안 돼!'

차갑게 식어버린 그녀를 보며 아델이 포효를 하는데, 갑자기 숨이 턱턱 막혀온다.

'커헉……'

목을 부여잡고 숨을 몰아쉬던 아델이 고꾸라져 발버둥을 친다.

또다시 시야가 흐려지고 정신이 혼미해져 온다.

지금 이 순간 그의 머릿속에 드는 생각은 오로지 한 가지뿐이다.

'살아야 한다! 살아야 한다!'

그리고 다시 그의 눈이 번쩍 떠진다.

"커헉!"

이번에는 그의 주변으로 모래가 실감나게 떨어져 내린다.

방금 그가 경험한 것은 모두 꿈이었던 것이다.

무언가 그를 짓누르는 것 같아 몸을 꿈틀거려 보니 아무래도 시체 더미에 깔린 것 같다.

점점 기온이 올라가 숨이 막혀온다.

아델은 시체 사이에 손을 밀어 넣어 조금씩 지상을 향해 기어나갔다.

오로지 그의 머리에는 한 가지 생각뿐이다.

"살아야 한다! 나는 무조건 살아야 한다!"

전우인지 적인지 모를 시체들을 무작위로 뚫고 손을 뻗은 그때였다.

손끝에 시원한 바람이 느껴진다.

"거의 다 왔다!"

드디어 몸통을 통과시킨 그가 지상으로 머리를 내밀었다.

어느덧 전투가 끝났는지 말과 사람이 뒤엉킨 전장에는 오로지 시체뿐이었다.

비가 그쳤음에도 어쩐 일로 까마귀와 독수리들이 시체를 파먹고 있지 않았다.

아델은 이제 이런 처참한 광경도 익숙해졌는지 태연한 표정으로 시체 더미 위에 올라섰다.

과정이야 어찌 되었든 아델은 이번 전쟁에서 살아남았다.

만약 모든 사람들이 전사했다면 아델 한 명으로 인해서 전쟁의 승패가 결정될 수도 있다.

우선은 왕도로 향하기 위해 남쪽으로 움직이던 아델의 눈에 적군의 제복을 입은 장교 한 명이 보인다.

마치 무언가 중요한 물건을 잃어버린 사람처럼 미친 듯이 시체 더미를 뒤지고 있다.

"제, 제발! 이곳에 있어라! 제발!"

간절히 무언가를 찾는 사내의 눈동자는 이미 정상이 아니었다.

지금이라면 저 사람을 베어버리고 왕도로 무사히 귀환할

수 있을 것이다.

소리 없이 기병창을 손에 쥔 아델이 어깨에 힘을 주어 전방으로 창을 날렸다.

부웅!

퍼억!

"커헉!"

옆구리를 관통당한 적국의 장교가 믿을 수 없다는 듯 눈을 부릅떴다.

"아, 아직 다 죽은 것이 아니었어?!"

무표정하게 다가온 아델이 그의 옆구리에 끼어 있는 기병창을 뽑아냈다.

푸욱!

"으아아아악!"

그의 옆으로 내장이 모조리 쏟아져 내린다.

"쿨럭!"

이윽고 사내의 입에서 각혈이 이어지며 안색이 급격하게 창백해졌다.

이제 몇 분 후면 그는 과다 출혈이나 쇼크로 사망할 것이다.

아델은 주변에서 검을 뽑아다 그의 목에 겨누었다.

"장교답게 죽여주겠다."

사내는 체념한 듯 고개를 숙였다.

"좋다, 죽여라. 하지만 죽기 전에 부탁이 있다."

"말해라. 나라도 좋다면 유언을 들어주겠다."

"이 주변에 손바닥만 한 모래시계가 하나 있을 것이다."

"모래시계?"

이제 시간이 얼마 남지 않았다는 것을 인지한 사내가 아델의 손을 잡아 자신의 쪽으로 이끌었다.

"그것을 꼭 찾아야 한다. 만약 네가 진짜 장교라면 목숨을 거두는 사람의 마지막 소원을 들어다오. 그것을 꼭 찾아서 보관해 다오. 그 누구에게도 빼앗기면 안 된다. 그러니……."

그의 몸이 경련을 일으키기 시작한다.

"이봐!"

"꼬, 꼭이다. 부디……."

아델을 향해서 손을 뻗던 그의 몸이 힘없이 무너져 내렸다.

그는 눈을 감지도 못하고 죽어버린 그의 눈꺼풀을 내려 눈을 감기고 자리에서 일어나 경례를 했다.

적장이지만 나라를 위해 희생한 그에게 경의를 표한 것이다.

이제 그는 고향으로 돌아가기 위해서 발걸음을 돌렸다.

사내의 죽음은 안타깝지만 이곳은 전장이다.

아델은 모든 것을 잊고 돌아가려 했다.

바로 그때였다.

비가 그치고 태양이 떠올라 햇살이 전장을 비추었다.

오랜 장마가 끝나고 아델의 귀환을 반기는 듯하다.

그러던 중 전장의 한가운데 뭔가 반짝거리는 물건이 보인다.

"저게 뭐지?"

아델은 저것이 바로 저 사내가 말한 물건임을 직감했다.

"…유품인가?"

장교로서 유언을 들었으니 어쩔 수 없이 모래시계를 소장해야 한다.

빛을 향해 걸어간 아델은 시체들을 치우고 바닥에 놓인 모래시계를 손에 쥐었다.

정사각형으로 된 모래시계는 한 손에 딱 들어올 정도의 크기이다.

바로 그때였다.

아델이 눈을 감겨준 사내의 시체에서 은빛이 발하더니 빠른 속도로 아델을 향해 쏘아져 왔다.

깜짝 놀란 아델이 모래시계를 손에서 떼어내려 했으나, 떨어질 생각을 하지 않았다.

아델은 이것은 분명 그의 저주라고 생각했다.

"빌어먹을 자식 같으니!"

몸에 달라붙은 모래시계를 떼어내려 하자, 그것이 깨져 사방으로 내용물이 흩어지기 시작하였다.

쨍그랑!

스스스스스!

잠시 후, 그 모래가 붉은색 전기의 문을 만들어냈다.

지이이잉!

순간, 전기의 문으로 아델의 몸이 빨려들어 가기 시작했다.

슈가가가가각!

"어, 어어……?!"

아델은 순식간에 문틈으로 밀려들어 가버렸다.

"끄아아아악!"

아득하게 멀어지는 그의 의식 속에서 한 여인이 손을 내밀었다.

─운명의 수레바퀴는 이미 움직이기 시작하였다.

여인은 아델의 심장을 파내고 그 안에 새로운 심장을 심어 넣었다.

두근두근!

그녀가 심어 넣은 심장에선 오색 빛깔 기운이 넘실거렸고, 그 기운은 아델의 신체를 빠르게 재구성해 나갔다.

뚜두둑, 뚜두두두둑!

잠시 후, 그의 온몸에 고대의 룬어들이 빽빽하게 자리 잡혀

문신으로 남게 되었다.

스스스, 팟!

하지만 그의 문신은 이내 다시 빛을 갈무리하여 언제 자리를 잡았냐는 듯이 사라졌다.

아델을 담고 있던 붉은색 아공간은 다시 그를 내뱉고 자취를 감추었지만 차원에 상처를 내고 말았다.

끼긱, 끼기기긱.

차원에 생긴 틈은 아주 미미한 정도였지만 그곳에선 이미 균열이 진행되고 있었다.

일이야 어찌 되었든 아델은 아주 편안하게 잠이 든 채 원래의 전장으로 되돌아갔다.

*　　　*　　　*

10만 대 10만의 전투는 결국 뚜렷한 성과를 거두지 못하고 끝이 났다.

결국 병탄을 멈추는 조건으로 정전협정을 마친 연합군은 필요 병력을 남겨두고 철군했다.

물론 파르서스도 지금의 국경을 유지한다는 조건으로 군사들을 철수시켰다.

결과야 어찌 되었든 파르서스는 이득을 본 것이고 연합군은 공공의 적을 만든 셈이 되었다.

그에 반해서 명예롭게 제대를 하게 된 아델의 얼굴에는 미소가 완연했다.

이제 고향으로 돌아가면 그가 꿈꿔오던 탄탄대로의 삶을 살 수 있을 것이다.

말을 타고 귀환 대열의 중간에 있던 아델은 멀리서 왕가의 깃발이 달린 전령이 달려오는 것을 볼 수 있었다.

동맹국에 서신을 전달하는 것일까?

아델은 대수롭지 않게 말을 몰았다.

하지만 그는 전령이 자신을 향하고 있다는 것을 깨달았다.

미간을 살짝 찌푸린 아델이 고개를 저었다.

"무슨 일이지?"

이윽고 아델의 앞에 도착한 전령이 대열을 향하여 외쳤다.

"왕명이 있소! 잠시 멈추시오!"

전령은 아델을 바라보며 서신을 펼쳤다.

"현 시간부로 가르시아 폰 타모에 자작의 아들 아델 타모에는 왕명을 받으라!"

순간, 아델의 안면이 사정없이 구겨진다.

영주의 아들을 대신하여 참전한 것이 모두 들통난 것일까?

하지만 이해가 되지 않는 것은 그 앞의 말이었다.

가르시아는 분명 전대 영주이고, 죽은 지 10년도 넘은 사람이다.

그런 사람의 이름이 어째서 거론되는지 알 수 없어 고개만 갸웃거릴 뿐이다.

일단은 왕명이기 때문에 아델은 말에서 내려 부복했다.

"현 시간부로 그대를 타모에의 영주로 임명한다! 신속히 왕궁으로 복귀하여 작위 수여를 받으라!"

병사들이 술렁이기 시작했다.

아델은 헤멜릭이라는 이름으로 전장에서 철금장으로 통하던 돌격 대장이다.

그런 아델이 영주라니, 다들 어안이 벙벙할 따름이다.

하지만 정작 본인은 더 떨떠름한 안색이다.

"뭔가 착오가 있는 것이 아니오? 분명 내가 대신 참전한 것이 맞지만 나는 천애 고아이고……."

그의 말은 듣지도 않고 서신을 접은 전령이 고개를 숙였다.

"신속히 왕명을 받드시지요, 자작님."

왕명이라니, 아델은 어쩔 수 없이 말에 올랐다.

아델이 떠나간 자리에 남은 그의 부하들은 계속해서 수군거렸다.

"우리 백부장이 귀족이었어? 그런 소리는 처음 듣는데……."

"대신 참전했다는 소리는 들었지만 설마하니 차기 영주였을 줄이야."

아델이 저만치 멀어지자 군대도 다시 행군을 시작했다.

"고향이 코앞이다! 서둘러라!"

병사들은 천부장의 외침을 듣고는 안면에 미소를 지었다.

5년 만에 고향으로 돌아가는 것이다.

그들의 발걸음이 상당히 가벼워 보인다.

　

*　　　　　*　　　　　*

　

미트리트 제도 미트리니아의 왕궁.

부복을 한 아델의 주변에 귀족들이 모여 시선을 집중하고 있다.

그리고 대전의 가장 높은 곳에 위치한 왕좌에는 국왕 루시안이 앉아 있었다.

"그대가 돌격대 백부장 아델인가?"

"그러하옵니다, 전하."

자리에서 일어난 루시안이 그의 허리에 매달린 예검을 뽑아 들었다.

"오늘부로 그대를 타모에의 영주로 임명하고 자작의 지휘를 승계시킨다."

검 끝으로 아델의 머리를 툭툭 친 루시안이 사제가 준비한 성수를 그의 몸에 뿌렸다.

"그대는 오늘부터 귀족의 명예를 목숨처럼 여기며 국가를 위해 일하며 살아갈 것이다."

"성은이 망극하여이다, 전하!"

짝짝짝짝!

새로운 귀족이 등장함에 대소 신료들이 박수를 보낸다.

그러나 정작 작위를 수여 받는 아델은 얼떨떨하기 이를 데가 없었다.

의식을 마친 루시안이 옥좌에 앉지 않고 아델에게 말했다.

"그대는 짐을 따라오라."

"예, 전하!"

과연 무슨 말을 하려는 것일까?

기껏해야 새로운 영주에게 덕담이나 할 것으로 생각했다.

아델은 고개를 푹 숙인 채로 루시안을 따랐다.

그리고 장내에 남은 귀족들은 자신들끼리 정보를 교환하기 바빴다.

"가르시아 장군에게 저런 아들이 있었던가?"

"허허, 그 나이에 생산이 가능하기는 한 모양이오."

만약 국왕의 말이 사실이라면 늦둥이도 그런 늦둥이가 없다.

가르시아가 명을 달리한 지가 벌써 10년이고, 그때 그의 나이가 70세였으니 놀라울 따름이다.

"그럼 서자일 가능성이 높겠군."

귀족파의 수장 랭턴이다.

정계 최고의 두뇌로 불리는 그는 탁월한 협상가로서 이번 전쟁에서도 혁혁한 공을 세운 지식인이다.

최근에는 왕정 군사학교의 총장을 역임한 이력이 있다.

귀족들은 그의 추측에 고개를 끄덕인다.

"하긴, 그렇게 늙은 나이에 정실에서 아들을 얻었을 리 없지."

아주 당연한 지적이었지만 아무도 그것까지 생각한 이는 없는 듯하다.

랭턴은 흥미롭다는 미소를 지었다.

"전쟁에서 살아남은 서자라… 재미있군."

임명식이 끝난 귀족들은 자신들의 결속력을 다지기 위하여 연회장으로 이동했다.

*　　　*　　　*

태어나 국왕의 집무실에 들어와 보는 사람이 얼마나 될까?

서재라고 불려 들어온 곳은 아델이 양을 치던 목장보다 크면 컸지 절대 작지 않은 듯했다.

국왕을 상징하는 금빛 장미가 그려진 깃발의 옆에는 미트리트를 비롯한 대륙의 전도가 걸려 있다.

"일단 앉으라."

"황공하옵니다, 전하."

루시안은 고개를 숙이고 있는 아델을 바라보았다.

"가르시아를 많이 닮았군."

아델은 고개를 숙인 채 왕에게 물었다.

"전하, 소인 감히 전하께 질문이 있사옵니다."

루시안은 그럴 줄 알았다는 듯 고개를 끄덕였다.

그러고는 자리에서 일어나 집무실 구석에 있는 위스키와 잔을 가져와 술을 따랐다.

"우선 한 잔 받으라. 마시고 나면 설명하겠노라."

"성은이 망극하여이다!"

왕의 잔을 받은 아델은 단숨에 술을 모두 비워냈다.

독주로 유명한 미트리니아에서 만든 위스키는 향기로우면서도 식도가 녹아내리는 듯한 느낌이 일품이다.

역시 술이라면 미트리니아라는 말이 괜히 나온 것이 아니었다.

아델은 작은 신음 하나 흘리지 않고 잔을 비웠다.

그러고는 잔을 쥐고 루시안을 바라보았다.

"한 잔 따르라. 짐도 한 잔해야겠다."

"황공하옵니다, 전하!"

술병을 집은 아델이 투명한 잔에 술을 채웠다.

루시안 역시 독하디독한 위스키를 단숨에 털어 넣었다.

그저 인상을 살짝 찌푸린 루시안이 드디어 입을 열었다.

"한 20년 지난 얘기다. 그 당시 짐은 이제 막 국왕으로 즉위한 터라 주변 세력을 정리하던 중이었지. 그중에 가르시아는 단연 가장 충직한 장군이었고 나에게 검을 가르친 스승이었다. 그러던 어느 날 기쁘지만 황당한 소식을 접했지. 가르시아 자작이 득남을 했다고 전해오더군."

아델은 그 아들이 자신임을 알 수 있었다.

"그 당시 그대의 부친은 전쟁이 한창인 페이든 지방에서 보병을 지휘하고 있는 중이었다. 그러니 아들을 출산했다는 것은 서자를 얻었다는 뜻이었지."

"그럼 소인은 가르시아 자작의 서자이옵니까?"

"그렇다. 그대는 타모에 영지의 서자이다."

"하오면 왜 소인을……."

루시안은 그의 잔을 다시 채웠다.

"왜 버렸는지 궁금한가?"

아델은 조용히 고개를 끄덕였다.

"잘 알고 있겠지만 타모에는 집안에 아들이 워낙에 많고 그들은 하나같이 야심가들이다. 그대가 죽지 않는 방법은 오로지 한 가지뿐이었지. 특히 장남인 카이엔 자작은 서자의 존재를 아주 껄끄럽게 여겼다."

아들을 대신해 양이나 치던 아델을 전장으로 보낸 그의 얼굴이 아직도 눈앞에 아른거리는 것 같다.

"이번 전쟁도 원래는 그대가 참전하지 않아도 될 문제였다. 하지만 그렇게 되면 그의 아들이 참전하게 되겠지. 그대도 잘 알겠지만 영지의 종친이 한 명 참전하게 되면 그의 아들은 참전하지 않아도 되는 제도가 있다."

아버지가 죽은 마당에 카이엔에게는 반쪽짜리 동생보다 아들이 귀했던 것이다.

"하지만 카이엔의 선택도 썩 옳았다고는 못하겠군."

고개를 살짝 갸웃거리는 아델을 보며 루시안이 작은 지도를 꺼냈다.

"우리의 우방이던 부족국가 에르마니아가 배신을 하고 그대의 고향을 점령한 사건이 있었다. 물론 그대의 부대에까지는 소식이 닿지 않았겠지. 그때 자작가의 여자들은 모조리 노예로 잡혀가고 타모에 가문은 멸문지화를 당했다. 그 과정에서 대리 영주이던 카이엔의 아들 헤멜릭은 가장 처참하게 죽었다고 하더군."

가문의 명맥을 유지하기 위해서 아들을 바꿔치기했다가 오히려 카이엔의 씨가 말라 버린 것이다.

오히려 아델에게는 다행이라고 해야 할 일이다.

"그대는 타모에의 유일한 귀족이다. 비록 서자이기는 하나

핏줄이 남아 있는 이상 영주를 바꿀 수는 없다."

"성은이… 망극하여이다, 전하."

루시안은 충격에 휩싸인 아델의 어깨를 두드렸다.

"그대는 나의 스승이 남긴 유일한 씨앗이다. 그의 명성이 더럽혀지지 않도록 사력을 다하라."

"명에 따르겠나이다, 전하."

그와 가장 가까운 가문인 타모에의 멸망을 보는 루시안의 마음도 썩 편하지는 않았던 모양이다.

아델을 측은한 눈으로 바라보던 루시안이 자리에서 일어나 집무실 책상 뒤에 걸려 있는 검을 한 자루 꺼냈다.

"이것은 그대의 부친이 나에게 죽기 전에 맡긴 검이다. 이제는 그대가 검을 맡을 차례이다."

가르시아의 유일한 유품인 묵빛검은 예리함과 강도가 여타 다른 검과 비교를 거부할 만큼 명검이었다.

아델은 고개를 숙이고 손사래를 쳤다.

"황공하오나 소신은 정식으로 검을 배운 적도 없는 무지렁이이옵니다. 그런 명검을 갖는다는 것은 있을 수 없사옵니다."

루시안은 고개를 저었다.

"이것은 군인의 명예이고 목숨과도 같은 것이다. 그런 고로 나는 이 검을 가르시아라 여기고 있다. 하지만 이제는 떠나보낼 때가 된 것 같다. 이제는 이 검을 그대가 맡으라. 그리고 나라에 충성하라. 그것이 부친의 사랑에 보답하는 길이다."

검은 군인의 명예를 상징한다.

장군의 길을 걷던 가르시아는 루시안에게 자신의 명예를 바친 충신이었고, 아들을 생각한 아버지였다.

아델은 무릎을 꿇고 검을 받았다.

"성은이 망극하여이다, 전하!"

산골에서 양이나 치던 목동 아델이 순식간에 자작으로 등극한 영광스러운 순간이었으나, 기분이 그렇게 썩 좋지만은 않았다.

*　　　*　　　*

타모에 영지에서 차출된 병력을 이끌고 돌아가는 행렬의 수장은 돌격대 백부장이던 아델이 되었다.

아델은 자신의 이복형이던 카이엔의 얼굴을 떠올렸다.

"결과야 어찌 되었든 형이라고 있는 작자가 동생을 팔아먹다니. 목동으로 굴려먹은 것도 모자라 그따위 짓을… 휴우!"

생각 같아선 죽은 그의 목을 베어다 공놀이를 하고 싶지만 결과가 이렇게 되었으니 속으로 삭힐 뿐이다.

아델은 고개를 돌려 군대를 바라보았다.

이미 지휘관들은 대부분 전사한 터라 장교라고는 찾아볼

수가 없었다.

5년간의 전쟁에서 살아남았다는 것 자체가 그들이 일당백의 정예 병력이라는 것을 반증하는 것이었으나, 가신이 없는 상태에서 영지를 다스릴 생각을 하니 아델은 벌써부터 머리가 아파왔다.

그는 애초에 영주라는 직함은 꿈꿔본 적도 없는 그저 장교에 불과했다.

고향으로 돌아가 다시 목동을 하라면 잘할 자신이 있지만 영주라니, 앞길이 까맣게 변해서 막막해져 오는 것을 느꼈다.

이곳부터 영지까지는 한 달이나 걸리는 대장정의 길이다.

그는 천천히 앞날의 일을 생각해 보기로 했다.

하지만 그런 그의 앞에 생각지도 못한 일이 벌어지고 말았다.

고향으로 돌아가는 길목에 자리 잡고 있던 협곡 지대 인근에 산사태가 일어나 바위가 아래로 쏟아져 내리기 시작한 것이다.

쿠그그그그그!

"산사태다!"

"백부장님! 지금 산사태가 일어나면 우리는 모두 죽습니다!"

"…뭐?!"

기껏 여기까지 살아왔더니 산사태가 그의 앞길을 막을 줄은 꿈에도 몰랐다.

아델은 어떻게 해서든 부하들을 살리고 싶었다.

"산사태가 앞에서부터 시작되니 왔던 길로 빠르게 되돌아간다!"

"예!"

그가 힘차게 말의 고삐를 당기자 후위의 기수들이 뒤를 따랐다.

"이랴!"

"퇴각하라! 후방으로 퇴각해!"

전쟁에서 살아남았더니 자연재해로 사망하게 생겨 부하들의 표정이 상당히 딱딱하게 굳어 있다.

아델은 부하들을 격려했다.

"살 수 있다! 모두 집중해라!"

"예!"

하지만 그의 바람은 결코 쉽사리 이뤄지지 않았다.

쿠그그그그그!

"백부장님! 전방에 산사태입니다!"

"뭐라!"

"큰일입니다! 우리는 다 죽은 목숨입니다!"

"제기랄!"

아델은 앞뒤가 꽉 막혀 있었지만 말고삐를 멈출 수가 없었다.

'이대로 죽을 수는 없다!'

바로 그때, 말고삐를 잡고 있던 아델의 눈에서 붉은색 이기가 뿜어져 나오더니 몸에서 말로 형언할 수 없는 기운이 솟구쳐 올랐다.

스스스스스, 쾅!

그는 자신의 몸에 흘러넘치는 기운을 주체할 수가 없어 바위 지대를 맨주먹으로 후려갈겼다.

"으라차차!"

쾅앙!

순간, 그의 주먹에 닿은 바위 덩어리들이 산산조각 나면서 앞길이 트였다.

그는 흠칫 놀라서 몸을 움찔거렸다.

"허, 허억! 이, 이게 뭐지?!"

"백부장님! 이게 무슨······?"

"나도 모른다! 아무튼 돌격!"

"와아아아아!"

부하들은 아델이 만든 탈출구 덕분에 목숨을 건졌고, 이제 멀쩡히 고향으로 돌아갈 수 있게 되었다.

　　　　*　　　　　*　　　　*

　5년 만의 귀환은 아델의 감회를 새롭게 했다.

　아직도 성으로 향하는 오솔길은 변함이 없으며, 가끔 먹을 것을 구하러 내려와 낚시를 하던 호숫가도 그대로 있다.

　하지만 영주가 영지를 다스리는 영주성은 성이라고 말하기도 민망할 정도로 훼손되어 있었다.

　타모에는 자작령이라서 여타 다른 지방에 비해서 화려한 편이었다.

　그러나 지금은 성벽이 허물어지고 이곳저곳에 선혈이 낭자해 있어 괴기스러운 느낌마저 들었다.

　"고향이 예전 같지가 않군."

　병사들도 거의 폐허가 되어버린 영지를 보며 안쓰러운 표정을 지었다.

　그나마 돌아갈 집이라도 있을지 의문이다.

　병력의 귀환을 가장 먼저 반기는 이는 마을의 꼬마들이다.

　"우와! 군인이다!"

　아델은 그의 부관 쿤트에게 명령했다.

　"아이들에게 과자와 사탕을 나누어주게."

　"예, 알겠습니다."

　격한 전투를 벌이자면 상당한 체력이 소모된다.

그렇기 때문에 전투 물자에는 열량이 높은 과자와 사탕이 포함되어 있다.

수레에서 과자 보따리를 내린 병사들이 아이들에게 차례대로 과자를 나누어주었다.

"과, 과자다!"

태어나서 과자라는 것을 본 적이 없는 듯 놀라서 몸이 굳어버린 아이들을 보며 아델은 측은한 표정을 지었다.

비쩍 말라 버린 아이들은 꾀죄죄한 얼굴을 환하게 밝히며 군인들에게 감사의 인사를 보냈다.

아델은 행군의 속도를 높였다.

"어서 마을로 돌아가자. 일단은 전투 물자를 풀어서 주민들을 구호해야겠다."

"알겠습니다, 영주님."

고향에 돌아온 기쁨을 만끽할 새도 없이 병사들은 부지런히 걸음을 옮겼다.

*   *   *

막상 인가로 들어서니 상황은 더욱 심각했다.

"대리 영주로 있는 작자는 도대체 무엇을 하는 놈이기에 마을이 이 지경이란 말인가?"

거리에는 말할 힘도 없어서 축 늘어진 노인들과 쓰레기통이나 뒤지고 있는 아이들이 즐비했다.

그리고 남자들이 별로 없는 마을에는 부서진 가옥을 수리하지 못해서 천으로 대충 가리고 사는 집이 대부분이었다.

전투가 끝난 마을을 많이 다녀본 아델로서는 충분히 이해가 가는 상황이지만 화가 나는 것은 어쩔 수 없었다.

"마을을 습격했다는 부족은 지금 어떻게 되었는가?"

쿤트는 고개를 저었다.

"소신도 정확히 알 수는 없습니다. 일단 대리 영주라는 사람을 만나보시지요."

고개를 끄덕인 아델은 군사들의 행렬을 멈추었다.

그러고는 드럼통을 하나 굴려다 그곳에 올라섰다.

"내 영주가 아닌 군인으로서 묻겠다! 자네들이 지금 해야 할 가장 시급한 일이 무엇이라고 생각하는가?"

병사들 사이에 가장 나이가 많은 30대 노병이 손을 들었다.

"현재 폐허가 되어버린 가옥을 수리하는 일인 것 같습니다!"

아델은 고개를 끄덕였다.

"그럼 어떻게 하는 편이 좋겠는가? 이대로 성으로 복귀해서 잔치를 해야겠는가?"

병사들은 병장기를 내려놓았다.

"휴가를 반납하겠습니다! 이곳에는 저희들이 살 집도 포함되어 있습니다!"

폐허가 된 고향을 두고 따뜻한 빵을 먹는다는 것도 그들에게는 괴로운 일일 것이다.

아델은 단상에서 내려왔다.

"지금부터 자네들의 손으로 직접 고향을 되살린다! 이의 있는가?"

병사들은 부동자세를 취했다.

"없습니다!"

작게 미소를 지은 아델은 부관 쿤트에게 명령했다.

"자네는 이곳에 남아서 병사들을 지휘하게. 완벽하지는 못해도 사람이 살 만한 집으로 만들어놓고 돌아오게. 군량은 모두 풀어서 주민들에게 나누어주도록 하고."

"알겠습니다, 영주님."

병장기를 한곳으로 모은 병사들은 즉시 소매를 걷어붙였다.

그 선봉에 선 쿤트가 병사들에게 명령을 하달했다.

"삼 인 일 개 조가 되어 사람이 사는 집을 모두 수리한다. 그리고 보급을 담당한 병사들은 마을 사람들을 모아다 군량을 나누어준다. 실시!"

"실시!"

간만에 젊은 청년들이 들어오니 아낙들은 신이 나서 그들을 반겼다.

그리고 아이들은 병사들의 다리를 붙잡고 장난을 치는가 하면 주변에서는 갓난아이들이 놀라서 울음을 터뜨리기도 했다.

이제야 좀 사람 사는 마을 같은 느낌이 든다.

아델은 학사 제피로스와 회계를 담당한 병사를 데리고 영주성으로 이동했다.

*   *   *

외성을 지나 내성으로 향하는 아델의 표정이 점점 더 찌그러졌다.

전투가 끝났으면 수습을 해야 한다.

시체를 방치하면 전염병이 발발하기도 하고 외관상 보기도 좋지 않기 때문이다.

하지만 이 대리 영주라는 작자는 그런 것은 신경 쓰지도 않는지 주변에는 사람의 손가락이 굴러다니는 어처구니없는 상황이 연출되어 있었다.

대리 영주가 있기는 한 걸까 하는 생각이 들 정도이다.

아델은 제피로스에게 물었다.

"어째서 왕국에서는 이곳에 아무런 원조를 하지 않은 것인가?"

"상황이 상황이니만큼 왕국에서도 병력을 급파하였습니다만, 야만인들과의 전투로 인해서 전멸했습니다. 게다가 구호물자는 모조리 강탈당하여 오히려 야만인들을 살찌우는 꼴이되었습니다. 지금의 상황을 보면 아시겠지만 거의 회생이 불가능하다고 판단한 것이죠."

국왕 루시안은 어째서 이런 곳에 아델을 보낸 것일까?

차라리 전쟁터에서 돌격이나 하던 때가 행복하다는 생각이들 정도이다.

내성으로 들어가려던 아델은 영주의 성을 호위하는 병력이하나도 없다는 것을 알 수 있었다.

"엉망진창이군. 이래서 통치가 무슨 의미가 있겠는가?"

가면 갈수록 가관이다.

아예 영지를 처음부터 다시 만드는 편이 더 쉬울 지경이다.

내성의 문을 열고 안으로 들어가니 곰팡이 냄새가 가득하다.

어째서 영주가 기거하는 성에 사람의 흔적이 하나도 없는것일까?

"이상합니다. 사람이 수 개월은 살지 않은 것 같습니다."

대화를 나누는 족족 메아리가 친다.

사람은 고사하고 성을 채운 물건도 없다는 소리다.

아델은 영주의 집무실과 침소를 뒤져보았다.

하지만 사람이 산 흔적이 전혀 보이지 않았다.

제피로스와 아델은 대리 영주라는 작자가 몇 개월 전에 도망갔다는 결론에 도달했다.

"왕궁에서 파견한 대리 영주는 자작이었다고 하던데, 어째서 도망간 걸까요?"

"상황이 이런데 누가 이곳에 붙어 있으려 하겠는가? 걸핏하면 야만인들이 쳐들어온다면서."

"하긴⋯⋯."

씁쓸하지만 인정을 하지 않을 수 없는 현실이었다.

제피로스는 혀를 찼다.

"자작이면 그래도 귀족인데 이렇게 무책임하다니⋯ 이해가 가지 않습니다. 아무리 남의 영지라고는 하지만⋯ 참 내!"

"차라리 전쟁터에서 살 때가 그립군."

회계를 담당한 병사가 쓰게 웃었다.

"저는 그래도 고향에 오니 좋습니다. 이제 곧 제 애인을 만날 수 있으니까요."

아델은 그제야 중요한 인물을 떠올렸다.

"잠깐, 이곳에 있게. 내 다녀올 데가 있어."

"예? 갑자기 무슨⋯⋯."

다짜고짜 말을 마치고 달려가는 아델을 보며 제피로스는 당황해서 그를 불렀다.

"자작님!"

"미안하네! 수고 좀 하게!"

제피로스와 회계 담당 병사는 허망한 표정으로 서로를 바라보았다.

"어떻게 하라는 거지?"

"그러게 말입니다."

그래도 영주의 명령은 절대적이다.

"지금 자네는 마을로 내려가서 청소를 할 만한 인력을 불러 오게. 상으로 저녁을 준다고 하면 꽤 사람이 모일 거야."

"알겠습니다."

마을로 내려간 병사로 인해서 혼자 성에 남은 제피로스는 주변을 둘러보았다.

휘이잉!

뻥 뚫린 창문으로 을씨년스러운 바람이 불어온다.

"으으, 꼭 유령이라도 나올 것 같군."

제피로스는 서둘러 영주성을 벗어났다.

*　　　*　　　*

하루 종일 말을 달려 비델산 아래 마을에 도착한 아델은 우선 그녀가 살던 집으로 향했다.

작은 오두막에 가두리가 딸린 목장에는 이미 사람이 없는지 잡초만 무성하다.

"세라!"

그녀의 이름을 불러도 나올 생각을 하지 않는다.

과연 그녀는 지금 어디에 있는 것일까?

말을 울타리에 묶어놓고 오두막으로 들어가 보았다.

끼이익.

한동안 사람이 살지 않았는지 메케한 먼지가 뿜어져 나온다.

"쿨럭!"

망토로 입을 가린 아델은 뭔가 단서가 될 만한 것이 있나 싶어서 오두막을 둘러보았다.

침대에는 옷가지가 널브러져 있고 집기는 모조리 파손되어 있다.

아델은 망연자실했다.

"이럴 수가……."

그가 전장에 있는 동안 그녀의 집은 폐허가 되었고 인근 마을은 전부 불타 없어져 버렸다.

이제 그녀는 더 이상 아델을 만날 수가 없는 사람이 되어버린 것이다.

"빌어먹을 전쟁."

아델이 처참한 표정으로 마을을 바라보고 있을 무렵, 어디선가 엄청난 숫자의 말발굽 소리가 들려왔다.

두구, 두구, 두구!

그는 고개를 돌려 소리의 진원지를 찾았다.

"으하하하하! 마을을 다시 약탈하자!"

"강간할 여자가 있나 찾아봐!"

아델은 저들이 바로 마을을 쑥대밭으로 만든 놈들임을 알수 있었다.

"…죽여 버리겠다!"

그는 아버지가 남긴 유품을 곧장 빼 들었다.

챙!

잠시 후, 검을 양손으로 틀어쥔 아델의 앞으로 500마리의 말이 모습을 드러냈다.

"저놈, 좋은 검을 가지고 있다! 약탈하자!"

"와아아아아!"

고작 아델 한 사람을 잡기 위해 달려든 야만인들은 밧줄과 올무를 던져 그를 옭아맸다.

휘릭!

"크윽!"

"큭큭, 손도 못 쓰고 자빠지니 기분이 어때?"

"어떻긴, 지랄 맞겠지!"

"하하하하!"

제아무리 아델이 전장에서 잔뼈가 굵었다곤 해도 500명이나 되는 야만인을 상대로 이길 수 있을 리 만무했다.

그는 이를 악물었다.

"이놈들, 반드시 죽일 것이다! 반드시! 반드시!"

바로 그때, 그의 심장이 성난 황소처럼 요동치기 시작했다.

두근두근!

"허, 허어억!"

"저 새끼 왜 저래?"

"글쎄?"

"설마하니 똥 마렵나?"

"큭큭큭!"

아델은 자신의 심장이 폭주하여 엄청난 아드레날린을 분비한다는 것을 어렴풋이 깨달았다. 그리고 그 호르몬은 그를 짐승으로 만들어 버렸다.

"크허, 크허, 죽어라!"

붉은색 입김을 내뿜으며 자리에서 일어선 아델은 두 팔을 펼치며 온몸에 힘을 주었다.

스스스스스!

순간, 그의 몸에 모여 있던 붉은 기운이 폭발하면서 주변에 엄청난 양의 마기를 뿜어냈다.

콰아아아앙!

"크아아아아악!"

"사람 살려!"

폭발로 인해 죽은 사람은 무려 300명, 남은 200명은 마치 귀신이라도 본 사람처럼 허겁지겁 달아나기 시작했다.

"괴물이다! 괴물이야!"

"…개자식들, 절대로 용서할 수 없다!"

아델은 아버지에게서 물려받은 검을 크게 한차례 휘둘렀다.

부웅, 콰앙!

그의 검이 일으킨 폭발은 반경 500미터 안에 있는 모든 생명체의 숨을 빼앗아가 버렸다.

단 일격에 200명의 생명이 저 먼 지하로 사라져 간 것이다.

잠시 후, 아델은 가까스로 정신을 차렸다.

"…이게 도대체 무슨 일일까?"

그는 가만히 눈을 감았다.

두근두근!

다시 한 번 크게 뛰는 심장, 아델은 이것이야말로 자신에게 주어진 기회라고 생각했다.

"…이상이 큰 사람은 절대자로 군림할 수 있는 법이다."

그는 영지의 이름을 고치기로 했다.

"테레니아, 그래, 테레니아로 거듭나 왕국을 집어삼킨다! 나는 반드시 절대자가 될 것이다! 그리고 다시는 전쟁이 일어나지 않는 나라를 만들 것이다!"

전쟁이 없는 태평성대를 위한 칼리어스 제국의 이념이 이제막 꽃을 피우려 하고 있다.

그리고 그것은 한 남자의 이상과 차원의 틈을 맞바꾸는 재앙의 시작이었다.

『도시 무왕 연대기』 15권에 계속…

초대형 24시 만화방

신간 100%, 샤워실, 흡연실, 수면실(침대석), 커플석, 세탁기 완비

▪ 시흥 정왕25시점 ▪

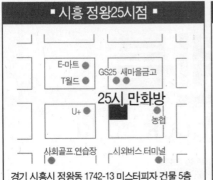

경기 시흥시 정왕동 1742-13 미스터피자 건물 5층
031) 319-5629

▪ 강북 노원역점 ▪

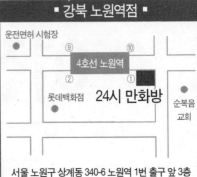

서울 노원구 상계동 340-6 노원역 1번 출구 앞 3층
02) 951-8324 (화용빌딩 3층)

▪ 일산 정발산역점 ▪

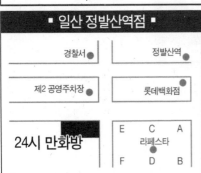

라페스타 E동 건너편 먹자골목 내 객잔건물 5층
031) 914-1957

▪ 일산 화정역점 ▪

경기도 고양시 덕양구 화정동 984번지 서일빌딩 7층
031) 979-4874 (서일사우나 건물 7층)

▪ 부천 역곡역점 ▪

역곡남부역 기업은행 건물 3층
032) 665-5525

▪ 부평역점 ▪

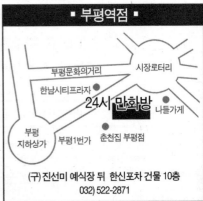

(구)진선미 예식장 뒤 한신포차 건물 10층
032) 522-2871

강준현 장편소설
FUSION FANTASTIC STORY

인생을 바꿔라

『복수의 길』, 『개척자』 강준현 작가의
2016년 신작!

자신이 무엇인지 알지 못하는 정신체, 염.
세상을 떠돌며 사람의 몸속으로 들어가
에너지를 얻고 나오길 반복하던 어느 날.

사고로 인한 하반신 마비, 애인의 이별 선언,
삶에 지쳐 자살하려는 김철의 몸에 들어가게 되는데……

"뭐, 뭐야! 아직도 못 벗어났단 말이야?"

새로운 삶을 살리라,
정처 없이 떠돌던 그의 인생 개척이 시작된다!

"어떤 삶인지 궁금하다고? 그럼 한번 따라와 봐."

Book Publishing CHUNGEORAM

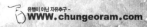

텀블러 장편소설

현대 천마록

천하를 호령하고, 전 무림을 통합한
일월신교의 교주 천하랑.
사람들은 그를 천마, 혹은 혈마대제라고 불렀다.

『현대 천마록』

무공의 끝은 불로불사가 되는 것이라 생각했지만
그로서도 자연의 섭리 앞에선 어쩔 수 없었다!

'그렇게 많은 피를 흘렸음에도 불구하고
죽을 때가 되니 남는 것이 없군그래.'

거듭된 고련 끝에 천하랑의 영혼이
존재하지 않게 된 그 순간
그의 영혼은 현세에서 천마로서 눈을 뜬다!

Book Publishing CHUNGEORAM

유행이 아닌 자유추구 -
WWW.chungeoram.com